励志卷

内心没有方向，
去哪儿
都是逃离

青年文摘图书中心 编

李钊平 主编

中国青年出版社

I 你就是你人生的伯乐

"中国好舌头"华少：牢记你的梦想 -005/ 速成刘同 -011/ 像李安那么能"憋" -016/ 龚琳娜：返璞归真 -018/ 最美好的岁月其实是最痛苦的 -025/ 你就是你人生的伯乐 -029/ 朴槿惠：嫁给国家的"孤儿总统" -033/ 郭川：航海英雄的极限人生 -038/ 不后悔干的蠢事 -041/ 萧敬腾很好骗的 -045/ 杨媛草：中国娱乐新女王 -050/ "例外"的例外 -056

II 写给初入职场的你

所有的大事都是小事组成的 -061/ 写给初入职场的你 -065/ 找个牛人带路 -068/ 关键时刻，表现自己 -071/ 职场专业主义 -075/ 不要让人看出你的强势 -078/ 液态族 -080/ 别太迷信"关系"的力量 -082/ 嫉妒有"礼" -085/ 上进心没必要每人都有 -089/ 宁做真小人 -091/ 加一，成就最好的服务 -093/ 一碗牛肉面引发的管理学思考 -096/ 古典主义职业观 -099/ 你是否找到了理想中的工作 -104

III 生活，不分专业

不做全 A 生 -106/ 生活，不分专业 -109/ 我们是否一定需要目标和榜样 -111/ 演唱生涯 -113/ 做不成居里夫人做自己 -118/ 每个人都有自己的机会前传 -121/ 熬苹果酱的女孩 -124/ 白天的西装，夜晚的吉他 -126/ 奋斗也是有惯性的 -128/ 问傻问题的博士 -132/ 内心没有方向，去哪儿都是"逃离" -134/10 种埋没才能的生活方式 -137/ 接纳自己，是对自己最大的仁慈 -140

IV 把未来和昨天关在门外

欧阳自远：核爆、陨石和"嫦娥" –143/ 起来，中国！ –148/ "一塌糊涂"季羡林 –152/ 一个演员的独白 –155/ 三封家书里的梁启超 –159/ 曾国藩的清贫生活 –163/ 一个人的世界是怎样建立起来的 –165/ 一项因"爱"而生的发明 –169/ 把未来和昨天关在门外 –172/ 康德的饮食起居学 –175/ 低眉与抬头 –179/ 学人与口吃 –181

V 请给命运一记响亮的耳光

"清华学霸"是怎样炼成的 –184/ 丑姑娘的优势 –188/ 张大奎：活着，以不卑不亢的姿态 –191/ 我的大学 –195/ 小停顿 大起步 –198/ 请给命运一记响亮的耳光 –200/ 理直气壮做蓝领 –204/ 送奶工杨琴 –207/ 蜘蛛人 –209/ 安妮的钻石耳环 –212/ 乡下姑娘 –214

VI 做最好的内向者

表扬别人时，请说"你很努力" –216/ 什么都不怕，就怕人 –218/ 别人都是为你而来 –221/ 说具体的话 –223/ 你擅长缺点推销吗 –225/ 识人"十条军规" –228/ 做最好的内向者 –230/ 瓷砖碎了，还是白的 –233/ 德之贼 –235/ 大卸八块读书法 –237

VII 生命是长期而持续的累积

10天找到工作 –240/ 职场狠角色 –243/ 愚钝领袖 –247/ 两套方案打天下 –249/ 没人稀罕群发的爱 –252/ 事先彻底"过"一遍 –255/ 你不能躲进借口里 –257/ 写给90后实习生们的九项注意 –259/ 我和我带过的新人们 –262/ 大学新生：今日歇脚，来日歇菜 –265/ 做"最坏的准备"，结果"最坏" –267/ 守脑如玉是一种理想 –270/ 生命是长期而持续的累积 –274

"中国好舌头"华少：牢记你的梦想

文/白郁虹　　心　雨

在《中国好声音》盲选阶段，被网友们戏称为"酱油帝"、"卖凉茶"的华少，以一段"史上最拗口、最逆天语速的广告串词"爆红。有网友统计，华少用47秒念完350字的广告词，其中提了4条广告，报了6个网站，且不卡壳、不出错、不含糊，为此，华少获封"中国好舌头"。这段广告"贯口"也被网友们竞相挑战，从而发起了一场全民"极限语速自测"大游戏。

这一场意外走红，令华少始料未及。"它超乎了我的想象，但我不觉得那部分是我的特点，也不想刻意去卖弄。我会把精力放在节目本身，这是我对自己职业的理解和要求。"

"好舌头"也有口误时

2012年8月的某周五，华少正准备录制新一期《中国好声音》。一个电话打来，广告商临时要求调整广告内容。节目当晚就要播出，华少几乎没有准备时间，"我先录了一个正常版本，大概两分多钟。"在这一版的广告语中，华少颇具娱乐精神，"现在又到我出现了，传说中的尿点，你们可以去个洗手间……"录完之后，大家都乐了，但领导并不满意，"能不能说得快一点？"华少问："要多快？""要多快有多快。"

于是，便出现了后来谁也没有预料到的被网友膜拜的"用47秒念完350字的广告词"的"逆天口播"。事实上，"把语速弄得这么快，不是我刻意的行为，那只是一场意外。"华少说。

其实，同事都知道，华少的播报功底是主持人当中出类拔萃的，很少出现口误。"算是老天爷给我的一份礼物吧。"华少又庆幸又谦虚，"其实很多主持人都具备这样的能力，保持语言一直处在连贯的状态中，不会出现中间断句、打磕巴的状况。"

因为很少出现口误，所以，纠华少的错就成了团队里欢乐的事。一旦华少出错，大家都"幸灾乐祸"地拿他开涮。"说实话，口误很难避免。我曾经讲过十五的月亮十九圆，被导播老师发现，经常把这个画面拿出来播放，逗大家乐。"

我的工作是有价值的

在"逆天口播"爆红之前，华少在《中国好声音》的位置一度被外界形容为"鸡肋"。他开始也觉得委屈，一场录影下来十几个小时不说，露脸的机会少得可怜，且就像网友调侃的那样，他像一个"卖凉茶"的"大叔"。但很快他就把自己的心理调节得相当健硕，并告诉所有人："我的工作是有价值的，而且做得还不错。"

在《中国好声音》的舞台上，华少是维系观众、选手、导师三方的唯一纽带，也是在后场与选手及亲友团沟通的桥梁。

"我几乎了解所有学员背后的故事。中国人在镜头前比较羞涩，或者不愿意表达，但那不是节目想要的风格，我相信观众也想看到他们最真实的状态。我的工作就是要跟每一组学员和他们的亲友团沟通，要引导学员把情绪调到最适合上台唱歌的状态。我还要在短时间内取得亲友团的信任，让他们自然地表达自己的情绪，所以，我不认为我的工作没有价值。"

从电视门外汉到主持界"黑马"

华少原名胡乔华，1981年出生在杭州。父母离异，他跟随父亲长大。父亲工作忙，没有时间陪他，他就经常和自己说话，天长日久，慢慢练就了一张利落的嘴。

高一那年，华少赢得了上台朗诵获奖作文的机会，由此，他的语言天赋被老师发现，成为学校广播站的主持人，主持人梦想开始萌芽。三年后，他考进了浙江广播电视大学播音主持专业。

进入大学后，华少很快崭露头角，成为杭州交通经济电台的嘉宾主持。那时，学校在郊区，主持节目的地点在市中心，每天来回要4个小时。为了赶时间，他几年的晚饭都是三块钱的蛋炒饭，吃到后来，一听"蛋炒饭"三个字就反胃。

好在天道酬勤，正是这几年的摸爬滚打让华少走近了梦想。2003年，他大学毕业时，电台领导找到学校，直接点兵："我们需要一个全能主持人，他是不二人选。"

就这样，华少开始了全能主持人的梦想之旅。直到2005年的一天，华少接到浙江卫视一个朋友的电话，说新栏目《娱乐财富》缺一个外景男主持，"你做过多年的户外直播，应该很合适，去试试。"华少一想，当即毛遂自荐了。因为外景直播经验丰富，华少的客串大获成功。

这次客串激起了华少对电视的好奇心。思虑再三，他决定离开奋斗了六年多的电台，转战浙江卫视。放弃不菲的收入，离开熟悉的工作环境，不仅意味着勇气，更可能是冒险。"我还年轻，给我三年时间。"华少说服了反对他的父亲，换得了改旗易帜的自由。

只是，这其中的过程异常艰辛。电台主持是个人艺术，而电视主持人除了声音，还需要表情、动作。刚开始时，连"站位"都不清楚的华少经常被导演骂。为了改进，华少一天至少要看4档综艺节目，每次节目的前期策划会，他一定会参加。在不断琢磨和磨合之后，他主持的节目《男生女生》当年就被评为浙江十大名牌节目。

之后，《爱唱才会赢》等多档节目纷纷向华少抛来橄榄枝。2008年，浙江卫视推出强档娱乐节目《我爱记歌词》，由华少担任男主持。节目推出不久收视率就急剧飙升，稳坐当年同类节目冠军宝座，华少也因此成为浙江卫视的主持"一哥"。

从电视门外汉到主持界"黑马"，华少用了不到三年时间。他这样概括自己的"成功"：除了幸运，就是上天眷顾勤奋和认真的孩子。

为梦想奋斗的好男人

事实上，主持人并不是华少的唯一身份。他参与过制片，出过唱片，演过话剧，拍过微电影，还在电视剧中担任男一号……不过，这些都不是他的最终目标。"我的梦想是做电影导演，我希望通过电影表达我对世界的看法。我演话剧、电视剧，参演微电影，都是为我的梦想服务的。"

在《中国好声音》的录制现场，音乐人三宝曾说过："最好的梦想

不能成为你赚钱的手段，你要用生活滋养梦想，这个梦想才有可能那么单纯的一直出现在你的生命里，而且实现的可能性更大。华少很认同这句话，"我希望我的梦想是单纯的，我怀着敬仰的心情努力完成它，所以，我可以把我不多的时间用在实现梦想的过程中。"

浙江卫视在全国电视频道排名的攀升，华少功不可没。作为浙江卫视当家主持，华少身兼多个栏目，但即使再忙，他也不忘关心家人，与粉丝互动，每次带病坚持工作，到了实在撑不下去的时候，华少第一时间必定是跟观众道歉。

作为80后一代，华少已经完成了结婚、生子这两件人生大事。他对父子关系有自己的理解："我不会为宝宝设计好将来的路，我希望我跟文哥（华少儿子）是朋友般的关系。"在家庭教育上，华少和太太强调两点：一是有礼貌，二是有修为，这两样是一切成功的前提。

华少说，我会记住大家的支持和鼓励，把收获的好评和认可化为更加努力工作的动力。"希望大家和我一样，热爱生活，追寻梦想。我们所取得的任何成绩都不足以让我们可以躺在上面睡大觉。"

速成刘同

文／草 威

想成为刘同？那就要一天开 5 个会，同时负责 8 档节目，给 200 多个员工安排工作。同时，为了不说错话，你写一条微博要花上一个小时去思量，为了记录青春，你写完一本书要用掉 10 年的闲暇时光。

升职，为什么总是这个人

在光线传媒 8 年，从节目策划到制片人，到部门总监、部门总经理，再到部门副总裁，刘同在职场中蹿升的速度十分耀眼。

刚进电视台当编导的时候，刘同老是熬通宵，起初他以为电视工作就是这样。后来他观察了一下别人，也观察了一下自己，他发现这不合理，大家的工作效率都极其低下。

他凭直觉感到这件事可以改变，于是他就尝试了一下，结果改变真的发生了。

从前，他和同事们一样，工作方法是这样的：新闻采访结束后，回来先休息一下，聊会儿天，带子里拍了两个小时的素材，再花两个小时看一遍，看完之后开始写稿，写好之后让领导审核，审完之后去吃饭，吃完饭后回来开始编片子。这样一来，下午 5 点钟采访回来，一定会忙到午夜。

经过自己的改良，他的新方法如下：在采访现场时，他脑子里想到的点，就让摄影师去拍，把能用到的记在本子上。待到拍完，回电视台的路上就把所有要点排好顺序。回去之后，再把提纲打成文字，半个小时之内，稿子就全都写好了。稿子完成后直接交给领导，素材已经不用再看，全都记下了。审完之后他就自己开始配音，15分钟片子就编好了。如此，在回来的1个小时之内就能把所有的事情全部干完，而别人要做六七个小时。

从那之后，刘同就是他那一组中编片子最快的，而且不只是快一点点。刘同对时间异常敏感，他觉得工作的每一个环节挤一挤，都会有特别多的时间。

把时间里的水分挤掉，也就挤掉了同一起跑线上的竞争对手。虽然有能力，升职却要靠熬。刘同工作中争分夺秒，但升职却并不急躁，与他同级别的同事看见机会就想跳槽，可他不，"别人都走了，就剩下我，只能我升职了吧。"刘同哈哈一笑。

他想，如果有一天要离开这里，自己应该更值钱才对。如何"升值"呢？要靠一个人的稳定性和公司的信任。在光线传媒做到了50%，就有公司会开高出一倍的价钱，做到100%呢？那简直不敢想象。所以每次有人拿着高薪水来挖他的时候，他都会暗中涨涨自信。但是光线传媒和他好像是形成了默契，当刘同觉得马上就做满的时候，公司立刻就给了他更多的任务，一个全新的岗位，让他来不及歇息，继续埋头向前。

永远给人信心

"对于一个刚入行的新人而言，最重要的是你所做的一切都被人看见。"大学毕业，刘同的第一份工作是湖南电视台的记者。那时候他盼望着有人看到他的工作成绩，但他听不到有谁认可他，心里总是没有存在感。然而在一场选秀比赛决赛直播的现场，主持人何炅在介绍亚军的

时候说：本来这名选手自己已经决定不参赛了，是我们频道有位记者叫刘同，拿了他的学生证，认为他一定可以，就替他交了50块钱，这位选手骑虎难下，只能参赛，最后拿了亚军。感谢刘同。

这件事被刘同反复提到，那一下让他对工作真正有了信心。他最喜欢给人以信心感的人，所以在任何时候，当老板吩咐他做一件事情，哪怕这件事听起来匪夷所思，但"不"这个字刘同几乎从不说。他总是说："好啊好啊，我会试着去做。"

当他也成了一些人的领导，他猛然发现自己这个优势着实明显。有时候向下属传达一件事情时，得到的回复常常是连尝试的意愿都没有，直接被告知没有成功的可能性。换作是他，哪怕做不了，也会找几套方案摆在老板面前，告诉老板有哪些已经做了，有哪些觉得不行。即便真的没做成，这个态度也会赢得加分。

要坚定自己的路，就要认输

前几年，刘同有位朋友做公司，请他过去帮忙，刘同尝试了一下，那一个月赚了平时几倍的工资，但是他感觉太累太累了，过了那个月便果断放弃。

刘同爱写东西，他特别希望自己能像那些他喜欢的作家一样静下来思考和写作。他曾为这个目标辞职，在家待了半天，身体很静，心却恐慌得要命，忍不住下午就又去找工作了。

现在他去大学演讲，跟同学们聊"你想成为谁"。他说自己以前想成为各种各样的人，樱木花道、律师、画家，但每许下一个愿望，最多半年后就会破灭，因为发现自己的能力差太多，于是他接受了。他还说，当自己真正在工作中被越来越多的人注意到，其实就是越来越像自己的时候。

2008年，他心血来潮，想做广告，转到了广告部，可一直到第六个月，才陆续开单。那时他也明白了自己和一个广告人的区别，他太自我了，做节目恰好就需要自我的人，但做广告就不是。刘同在书中记下，"我并没有因失败而颓废，反而因为这种使尽法术也无力回天的失败而释然。看吧，我足够努力了，也失败了，那就不必懊恼了。"

这就是刘同的成长方式，常用认输的方式校正自己前行的方向。后来他总结：有些东西需要踮起脚才能够到，那注定不是现在应该做的事。

谁快谁赢得世界

"这些文章我10年前就开始写，各种记录，现在翻看的时候，觉得那些想法特别二，但是我却把它们记下来了。"刘同说到自己的书《谁的青春不迷茫》。

书中刘同没写过多么深刻的哲理，但别人说了句什么话，做了件什么事，只要稍稍触动到他，他总是记得清清楚楚，然后用笔将其写下。实在没有遇到值得一写的事情，他还经常自问自答，去捕捉那一刻自己内心的感受。还有什么比一部解释自己的作品更好看的呢？困惑和收获全都呈献给公众，一个对自己真诚的人，也会讨人喜欢。

"我现在可以开始说了，对吗？"坐在化妆间里的刘同早已习惯面对记者随时随地的采访，也习惯了在工作中频繁转换自己的角色。他早上刚刚开完一个大会，下午要拍摄一部宣传片，中间还有几个小会等着他。

有一天，他要为一档叫《娱乐权力榜》的新节目录制宣传片，但这个名字让他有些顾虑。他认为"权力"放在这里有一定风险，于是拨了好几个电话，与别人协商。"'影响力'会不会好一点？对，因为'权力'太敏感了……"等到电话那头的人都被他说服了，他又改了主意，放下电话告诉制作组，"还是用'权力'吧，更有话题性。"

刘同的思路转换迅捷而又外显，你看不到他沉思的时候，顶多眼睛转几个圈，就有了想法。这是职业训练的结果。"宁肯做一个草率的决定，也不要一直后悔地回忆。"这映照了做电视节目的要求，重要的是快，是时刻的创意爆发。

他有一档自己的脱口秀节目叫《刘同坦白讲》。有时刘同听到一首新歌，觉得好玩，就把歌词记下来，然后会在节目里马上用到这首歌。在光线传媒这个明星工场里24小时都有人在上班。那些年轻的面孔，他们在这里目睹明星，也目睹一个人成为明星的过程。他们羡慕刘同，心里盼着有一天能够成为刘同，毕竟刘同也是从他们的位置上开启了自己不断向上的人生。

像李安那么能"憋"

文／常小琥

　　2012 年底，李安特意为自己的新片来国内做宣传，这是他整整十年来唯一一部没有任何争议的作品：《少年派的奇幻漂流》。李安说这部片子拍了四年，其实制片人吉尔·内特之前已花了几年的时间布置这部影片的拍摄计划。现在，所有人都看到了一部近乎完美的作品。

　　二十年来，李安只拍了十一部长片，几乎都是两到三年拍一部，而且题材跨度极大；更令人惊讶的是不论李安要拍什么，你都能从他的每部电影里，感受到这位生长自台湾的男子血液中那股平静的爆发力。

　　著名导演姜文在自己工作室的一面墙上贴了一幅字："求其上，得其

中；求其中，得其下；求其下，必败。"是不是说，想做一名好导演，只要坚守"三年磨一剑"这条铁律就 OK 了？这就是"求其上"的问题。关键在于这个"上"，对一个导演到底意味着什么。票房？跳板？名片？还是面子？如果是指瞄准当下最火爆的题材，找一班"枪手"拼本子，从几个大师的电影里抠几个经典镜头，那别说三年磨一剑，就是铁杵磨成针，等待他的也只有"必败"这俩字。

多年来，"李安效应"不仅是制片圈口耳相传的经典案例，更是无数文艺小青年的精神圣经，每一个在艺术道路上苦苦挣扎的小导演、小摄影师，都会用李安的生活经历和他那本《十年一觉电影梦》的自传勉励自己。圈子里有句话反复被人提及，就是要"懂得珍惜自己的羽毛"。李安从不碰仓促而来的机会，他只服从自己的创作初衷。而投机导演，不过就是项目经理，按照李安的效率，得把他们"憋"成什么样？

别以为人家三年拍一部，你一年拍三部，你就是天才，恰恰相反。

龚琳娜：返璞归真

文／许　晓

我不想做李谷一了

龚琳娜说，希望做一个始终保持敏感度的人。

她的敏感在我进门时就表现出来了。

龚琳娜对谁该坐在房间里的哪个位置有一套设计。她坐在沙发正中，面对光线，助理不能坐在沙发的另一头，那会遮挡光线。我应该坐在她对面的椅子，因为"这样可以看着互相的眼睛，通气"，而且"我今天的感觉是你坐这里更舒服，有些事情不是道理可以说的"。

她说："一个人能敏感地察觉自己的位置，这个很重要。"

她最早的自我定位始于5岁，第一次上舞台，独唱《我的愿望》，电视台还拍了录像，那是1980年。

龚琳娜告诉我："我5岁时的愿望是当李谷一。"

她在7岁考进贵阳苗苗艺术团，是那种周末在少年宫唱歌、假期要去各个乡镇演出的女孩，额头永远点着小红点，面颊永远像苹果，红色的硬纱蓬蓬裙，白色的背带装，她从门牙还不全的时候就是这个演出造型了。

"初三听彭丽媛的音乐会，《白毛女》里唱'恨似高山愁似海'，我听到这里就会流泪，我想做彭丽媛，不做李谷一了。"

"哪里的光最亮，我就想往哪里站。"1999年，龚琳娜以文化部颁发的"民歌状元"身份从中国音乐学院毕业。2000年，她参加第九届青歌赛，得到民族唱法专业组银奖，被评为"观众最喜爱的歌手"，又加入中央民族乐团，去一个个城市巡回演出。这时她已经24岁，但还过着和少年宫小歌手时代几乎一模一样的生活，不同的是荣誉更多了，演出级别更高了。龚琳娜的父母高兴、自豪，母亲也从贵阳来北京照顾女儿。

就像一个人扎准了我的穴

多年以后，龚琳娜曾经对媒体回忆她从2000年到2002年的那种痛苦，"收入很好，但是我一点儿都不快乐，那时候我的脸色蜡黄，演出完了就很辛苦地回到家。你说那种演出累吗？不累。对口型，上台就唱一首歌。去一个城市，住很好的宾馆，有很好的收入。为什么会累呢？因为我在音乐里没有满足。"

"那些歌不给我'门'，作曲家在写的时候没有投入心，作品是空的，民乐团也是无精打采，他们奏乐的声音，Tuang……Tuang……他们奏得疲了，我扯着脸皮笑肌也酸了，最后我满脸长大包。"

她在说话中用的拟声词非常丰富，很多都没有办法用汉字打出来，她感知声音，模拟声音，说话的音调也在不停变换，永远不会用一个音调完成一个段落的叙述。

2002年，龚琳娜在一次演出中认识了德国音乐家老锣，他喜欢东方音乐，和龚琳娜一拍即合，两人开始恋爱。老锣跟她说，你像木偶一样唱歌很恶心，假唱是不对的。龚琳娜说这几句话"就像一个人扎准了我的穴，扎通了。他是第一个这样说我的。他把我心里的声音说出来了"。

豁出去了，这个坎就彻底过了

她曾在中山公园音乐堂演出，龚琳娜的父亲把她和一位领导人握手的照片洗出来放大，挂在家里正中间，老锣来的第一件事就是把那照片取下来放在阳台上。

"他觉得家里天天看到你，还挂你那么多照片干吗？我们在家里不挂照片，看真人最好。"龚琳娜想要让自己的"真"出来，老锣正好就是要她"真"。

问她，你第一次感觉到歌唱中的"真"是什么时候？龚琳娜说是大学毕业时演的一折戏，《窦娥冤》托梦的片段。她说："说自己是冤枉的，苍天都会降下雪来，说到'苍天'这两个字的时候，我觉得瞬间时间停止，所有观众都'嗯'地定住一下，然后我说到'怎能为儿降下雪来'，我的眼泪 Chua……观众的眼泪就 Chua……"

这是龚琳娜第一次在演出中感觉到"忘我"。2002 年，她放弃民族乐团的巡演，开始有方向地寻找这种忘我的"真"。老锣带着龚琳娜接触一种新的演出方式，没有大舞台，没有大裙子，没有豪华灯光，没有伴奏带，舞台才两间屋子那么大，观众不到 30 个人，跟家庭音乐会似的。

"人都那么近，我发抖台下都能看见，我的一个音不准你都能听见。从宏大变得那么近，我特别紧张。老锣说，你紧张，就紧张地唱，你不用装不紧张，因为观众都看得出来你是紧张的。"

这个从五岁开始上台演出的女孩，居然在舞台上找不着调了。

下台以后，龚琳娜开始自省，为什么这么紧张？因为以前没这么唱过。她就去老锣朋友的家，主动要求给他们唱歌。

"我站在人家阳台上就吼，唱苗族飞歌，唱完他们都流泪了。"有了这次经验，再上台龚琳娜就在台上疯、唱、跳，"想怎么弄就怎么弄，豁出去了，这个坎就彻底过了。总之，就是要真诚。"

龚琳娜突然不要当晚会歌手了，她去探索另外一条路。妈妈也不了解那是一条什么样的路，只知道她马上没了收入，甚至在龚琳娜和老锣

新婚第二天，母亲就"诅咒"她，说你看着吧，我根本不信你们能幸福。

"妈妈遵循她认为对的道理，就是要稳定的工作，趁年轻买房结婚。恰恰我不要稳定，我遇见老锣，我就想和他一起走。"

龚琳娜和老锣决定前往德国。

在森林里抱着孩子唱歌

生完第一个孩子，他们搬到巴伐利亚森林边上去住。冬天，她出去散步，"发现森林里的雾气特别大，像在天上一样"。

说到这里，她突然放低声音，用一种给孩子讲童话的声音继续说下去："我走上坡去散步，雾特别大，我就紧张、就害怕，特别冷。我突然想：害怕什么？森林边上不是没人住。我到底在怕什么？我突然明白了，中医里不是说气虚吗？因为我的气弱于大自然的气，我就会觉得冷、觉得弱，有害怕的感觉。人要和自然融为一体，不要害怕它，要去克服它。"

龚琳娜悟出这个道理之后，每天一个人去森林里走，找一片干的地方，脱了鞋子袜子，赤足踩在地上"吸收地气"。

"在森林里待了十天，十天以后我的气就涨了，内心变得勇敢起来——你想，我住在大自然里，春天所有的生命都在长，'噗'的一声，你会听见那个花开的声音。"她模仿花苞绽开的声音，嘴唇里发出圆润饱满的一声，充满了清晰的爆发力和爆破感。

她在森林边上住了一年半，经常背着孩子唱民歌，江苏的、云南的，背着孩子边走边唱，马也在旁边听，牛也在旁边听。"当我在这个环境唱民歌，我一下就懂了，民歌，原来就是生活。"

福建台给她做过一个片子，2005年离开中国的时候，皮肤微黑，绾个发髻，和丈夫都穿白衣，端坐在茶盘前。再往前是唱晚会颂歌的那段岁月，她很美，小小的脸，皮肤也好，穿红色旗袍。突然镜头转到2010

年的天津演唱会，她已经不再姣美，但欢快得不行。生命活出来了，把美都远远抛到了后面。

我的使命是，我得幸福

《忐忑》是老锣在 2005 年为她创作的，这首曲子以笙、笛、提琴、扬琴等乐器伴奏，运用戏曲作为唱词，融合老旦、老生、花旦等多种音色，在极其快速的节奏中夸张地变幻无穷。2011 年，湖南卫视跨年音乐会上，龚琳娜扭头、甩腰、对眼，表情丰富，《忐忑》一炮而红。在王菲的推荐下，瞬间风靡网络，被奉为"神曲"。

《忐忑》帮她敲开了中国歌唱舞台和社交的大门。2012 年年底到今年，龚琳娜带着《法海你不懂爱》和《金箍棒》等歌曲登台，继续着"神曲"传说。

"我会死掉，这个名字也会消失掉，但在我活着的这一世，我找到了最擅长的事，就是表达音乐，给人力量，这就是我的使命。"

龚琳娜紧接着又补充："但是我的使命有一个特点是，我得幸福。有的人很苦啊，为了跳舞我不生孩子不吃饭，为了嗓子不结婚什么的，我觉得不行，不能为了别人快乐把自己燃烧了，我自己快乐了才能帮助别人。"

中国著名的民谣歌手周云蓬曾在微博上对她说："要唱的不只是肯定，更是迷惘，把我的无能为力唱出来。"龚琳娜回应老周："唱出真实的自己，但是不能像祥林嫂一样对着观众倒精神垃圾，从音乐里要获得勇气和希望！"

最美好的岁月其实都是最痛苦的

文/柴 静

　　刚做"时空连线"时，制片人陈虻天天骂我，嫌我小女生新闻的那套路数，"矫揉造作不可忍受"。

　　陈虻说："你问一个问题的时候，你期待答案吗？你要不期待，就别问了。"

　　我不作声。

　　我问医生朋友："为什么我呼吸困难？"

　　他说："情绪影响呼吸系统使呼吸频率放慢，二氧化碳在体内聚集造成的。"

"有什么办法吗？"

"嗯，深呼吸。"

上楼的时候，我深呼吸；下楼的时候，我深呼吸。我看着电梯工，她松松垮垮地坐着，闲来无事，瞪着墙，永远永远。我强烈地羡慕她。

上班时只有在洗手间，我能松垮两分钟。我尽量延长洗手的时间，一边深呼吸，一边看着镜子里的自己。我知道自己身上已经开始散发失败者的味道，再这样下去谁都会闻出来了。

那段时间，临睡前，我常看一本叫《沉默的羔羊》的书。

很多年后，我看到了它的续集，愤怒地写信给作者。我说你这续集里蹩脚的狗屁传奇故事把我心里的史达琳侮辱了。那个吃着意大利餐、欣赏油画、跟食人魔医生谈童年创伤的女人根本不是她！

在我心里，她一直是美国联邦调查局（FBI）24岁的实习生，说话带点口音，偶尔说粗话，没有钱，穿一双不怎么样的鞋子，孤身一人去调查杀人案，她知道失败和被人看轻是什么滋味。

她左手可以一分钟扣动74下扳机，胳膊上的筋脉像金属丝一样隆起，卷起袖子去检验那些腐败的死尸，对认为她只是依靠姿色混进来的男人说："请你们出去。"

她曾希望在FBI这个大机构里得到一席之地，但最后她不再为身份工作，她只为死去的人工作，在心里想象那些被谋杀的女人，跟她们经历同样的侮辱，从刀割一样的感受里寻找线索。

人在关口上，常是一些看上去荒唐的事起作用。在演播室开场之前，我很多次想过："不，这个用塑料泡沫搭起来的地方可吓不着史达琳，这姑娘从不害怕。"

我决定自己做策划和编辑，找找那个抽象的欲望到底是什么。

每天给各个部委打电话联系选题。大老杨看我给外交部打电话联系大使被劫案的采访，觉得好笑，"得多无知才能这么无畏啊。"但居然联系成了。录节目的时候他负责拍摄，冲我默一点头。我心里一暖。

我每天上午报三个选题，下午联系，晚上录演播室，凌晨剪辑送审。

就这么熬着。有个大冬天凌晨两点，人都走光了，没人帮我操机，我自己不会，盯着编辑机，心想，我不干了，天一亮我就跟陈虻打电话，去他的，爱谁谁。我在桌边坐着，恶狠狠地一直等到七点。电话通了，陈虻开口就问："今天是不是能交片了？"

我鬼使神差地说："能。"

我抱着带子去另一个机房，编到第二天凌晨三四点。大衣锁在机房了，穿着毛衣一路走到电视台东门。我是临时工，没有进台证，好心的导播下楼来，从东门口的栅栏缝里把带子接过去。回到家，电梯停了，爬上十八楼，刚扑到床上，导播打电话说带子有问题，要换。我拖着当时受伤的左脚，一级一挪，再爬下去。

大清早已经有人在街上了，两个小青年，惊喜地指着我。我以为是认出了我。

"瘸子。"他们笑。

浅青色的黎明，风把天刮净了，几颗小银星星，弯刀一样的月亮，斜钉在天上。

白岩松有天安慰我："人们声称的最美好的岁月其实都是最痛苦的，只是事后回忆起来的时候才那么幸福。"

你就是你人生的伯乐

文／（台湾）周杰伦

我是个爱面子的人，学生时代搭公交车，人很多，我被挤到后面，被车门夹到。因为前面坐了好几个学弟学妹，所以就不敢讲，想说到了下一站，车门会打开吧。结果下一站竟然没停，我只好跟学妹说："不好意思，可不可以跟司机说一下，我手被夹到了。"

后来想想，司机和学妹一定很纳闷，为什么在第一站不讲，第二站不讲，第三站才说。这代表了我是个爱面子又好胜的人。不过，这种特质反而帮助我在演艺圈成功：因为我告诉自己，绝对不能输，永远都要在第一。

一技之长比学历更重要

厉害的人，并不是书要念多好，而是要有一技之长，还要听妈妈的话，尊师重道：一个人的内在比学历更重要。

我还没出道时，就写了《蜗牛》，因为我觉得，有天一定要跑到山顶上，所以我不断往上爬。从以前到现在，我想要写的，就是这种"正能量"的歌曲，希望可以鼓励年轻朋友。

当年，我在录音室被吴宗宪发掘，很期待自己写的歌曲被录用。我给自己的一个期许，就是一定要赚到钱，让家人过好生活。因为父母在我小时候，花了太多的钱，让我学钢琴。

那时的信念，就是不能让父母失望。他们希望我读大学考音乐系，考了两次，可能我不是读书的料，在图书馆看书时，就想去打球。

但这些兴趣，却成为我后来成功的关键。你想，我年轻时如果都关在那边，没有去打球，怎么拍《功夫灌篮》？如果没有学琴，怎么拍《不能说的秘密》？如果不喜欢看武术电影，怎么拍《青蜂侠》？所以我一直跟小朋友讲，一技之长比学历更重要。

吴宗宪有天跟我说，你写的这些歌都不错，但没有人可以唱。后来，音乐总监杨峻荣听到了我的歌，他说，你这些歌曲别人不用，干脆你自己唱唱看吧。

那天，很多唱片公司大老板要来看表演，我就很紧张，不晓得要唱什么，好友刘宏说，唱《黑色幽默》好了，这首歌很有你的味道，谁会用"你的脑袋有问题"这么奇怪的歌词！

第一遍唱完后，台下完全没反应。原来，我唱得太小声了。宏私下去跟工作人员拜托，再给我一次机会，我才有机会发片。

有才艺，还要抓住机会

机会真的很重要，要抓住。吴宗宪签了我，后来杨峻荣听了我的歌，觉得我有跟别人不一样的地方。所以，人生需要有伯乐，或者，那个伯乐就是你自己，你可以去参加选秀，自己抓住机会。

我也想过，我如果不在这个舞台，就会是个钢琴老师。所以，你要往前走，去找你的机会，机会是不等人的。

出了几张唱片后，我去了几个颁奖典礼。有次，我带了外婆去参加颁奖典礼，自己觉得很厉害，因为入围了好几项，拿下至少一项，就可以上台讲话感谢外婆吧。

但最后什么都没有，于是我写了一首《外婆》，批评为什么没给我得奖，让外婆难过，同时也表达自己很不孝的感觉。

当时，我喜欢写一些表达内心感受的歌曲，但慢慢地，我开始觉得，必须给大家一些正能量，所以我就开始去写《梦想启动》、《稻香》这些歌。

大家觉得我的嘻哈饶舌蛮独特，但没有去批判现代社会。现在有很多地下歌手，喜欢批判社会，不爽就骂，但是你们所支持的偶像，绝不能这样做。对其他的事物，我是有爱的、充满正能量的。

我一直在想，这么多的歌手里，我要怎么不一样，也就是今天演讲的主题"如何不平凡"。老实讲，中国风特别难写，因为就只有五声音阶，要怎样跟别人不一样？

之前最早听到的是费玉清，中国风配上他清新的嗓音，非常特别。我就想，我这种咬字不清的嗓音，可不可以来中国风一下？于是写了《东风破》，反响还不错，变成了自己的一种风格。后来我的每张专辑，都会有一首中国风的歌。

不说教，"唱"出影响力

我爸是生物老师，喜欢唱歌，我在音乐方面受他影响，也很感谢他。我妈是美术老师。两个老师管一个孩子，可见这小孩有多辛苦。当时我写《爸我回来了》，给了他一些困扰，让大家以为他有暴力倾向，其实不是。我只是想鼓励单亲家庭的朋友，希望大家多关注家庭暴力的问题。

我所有的亲人应该都被我写过了，爷爷有《爷爷泡的茶》，妈妈有《听妈妈的话》，爸爸有《爸我回来了》……

把家人写进歌曲，是件很开心的事，而且也会让大家去想，为什么周杰伦要写父母亲，等于是给他们一个功课。当我觉得自己有影响力的时候，我可以间接去影响别人，而不是用说教的心态："哎，我跟你说，你要孝顺父母。"谁听得进去？但你用唱的，大家耳濡目染，就听进去了。

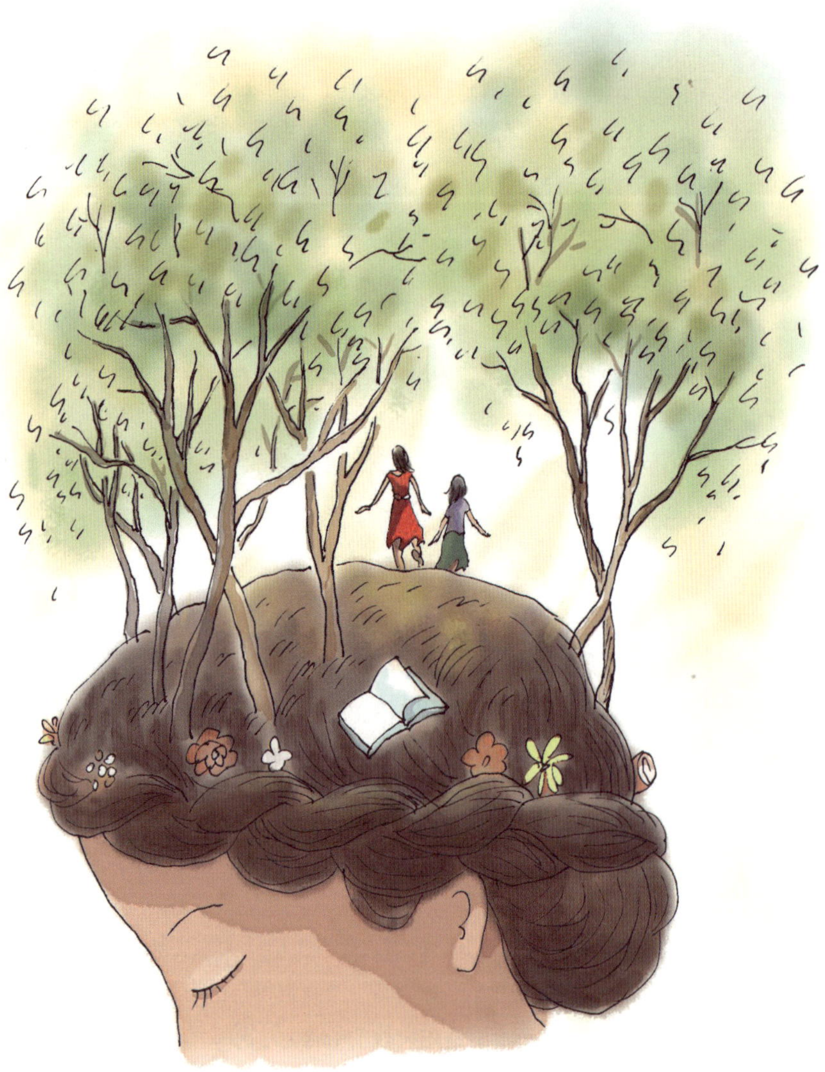

朴槿惠：嫁给国家的"孤儿总统"

文／储信艳

　　她没有父母双亲，出身豪门的她年轻时便遭遇父母先后被刺杀的厄运；她没有丈夫子女，政治家庭的悲剧让她始终抗拒婚姻；她20多岁便踏入政坛，以女儿的身份成为韩国特殊的"第一夫人"；她钟爱中国文化，冯友兰的《中国哲学史》曾伴她度过最痛苦的时光。她是朴槿惠。2012年12月19日，60岁的她当选为韩国历史上乃至整个东北亚地区近现代史上首位女国家元首。60年的人生中，朴槿惠几起几落。作为前总统朴正熙的长女，在母亲遇刺身亡后代行"第一夫人"职责；在父亲被枪击身亡后，她不得不离开青瓦台，过了十几年的"隐居"生活，精神上承受极大痛苦；20世纪90年代，重返政坛的朴槿惠屡次创造选举神话，直至如今重返青瓦台。

"痛苦，那是因为我活着"

　　大部分韩国老年人将选票投给了朴槿惠。在50年前，朴槿惠就已经是他们心目中的"公主"。

　　"因为父亲是总统，我也逃避不了历史的漩涡。"2012年9月，朴槿惠对父亲执政时期的问题公开道歉，承认父亲曾破坏民主。

　　朴槿惠的父亲朴正熙是韩国最具争议的总统之一。在他治下，韩国实现了"汉江奇迹"的经济腾飞，但反对者也指责朴正熙是"独裁者"。1961年，朴正熙以政变方式推翻李承晚政权，时年9岁的朴槿惠成为"大令爱"。

"作为总统的女儿，并非如想象般美好。"朴槿惠曾说。高中时期，朴槿惠的学习成绩一直是第一名，不过也有"过度成熟"和"因过度慎重而沉默寡言"的评价。

虽然母亲陆英修非常希望朴槿惠学习史学，但她却考入了西江大学电子工学系。母亲曾经多次说，"槿惠好像没有选择普通女性所选的平凡道路"。

朴槿惠人生的第一次转折，是因为母亲的遇刺身亡。1974年8月，陆英修被朝鲜人文世光开枪射杀。此时22岁的朴槿惠，正在法国与朋友们旅行，匆匆回国也没有见到母亲的最后一面。

由于父亲不肯续弦，年轻的朴槿惠代替母亲履行"第一夫人"的责任。"她从小就学会了政治和外交等治国经验，这是她很大的优势之一。"韩国檀国大学教授金珍镐说。

在朴槿惠当时的日记中，记载了这样一句话："现在我的最大义务是让父亲和国民看到父亲并不孤单。洒脱的生活，我的梦想，我决定放弃这所有的一切。"

第二次转折在5年后。1979年10月26日，朴正熙到情报部部长金载圭的官邸吃晚饭。席间朴正熙斥责金载圭工作不力，金载圭一怒之下，拔枪将总统射杀。

父亲的死对朴槿惠打击巨大。她身上出现不明斑点，没有医生能确切诊断。朴槿惠曾在1981年的日记中这样写道："痛苦是人类的属性，它能够证明人还活着。"

在支持者眼中，这样的跌宕人生，塑造了朴槿惠坚韧的品格。"她是一个承受了悲剧的人。"美国韩国问题专家梅雷迪斯说。而在反对者眼中，朴槿惠是"独裁者"的女儿，是独裁政治的延续。

父母的相继离去，不仅令朴槿惠经历丧亲之痛，同时遭遇了令人心寒的背叛。朴正熙死后，朴槿惠和弟弟妹妹离开了青瓦台，回到老屋中居住。随后的韩国总统全斗焕掀起了一场批判朴正熙的运动。朴槿惠曾在电梯里见到了朴正熙时期的一名部长。她高兴地招呼"您好"，但此人直到出电梯都没有看她一眼。

艰难岁月中读冯友兰

"她不开放，不与任何人沟通。她不热情，也不冷酷，只是冷冰冰的，一直都这样。朴槿惠与所有人保持距离，这是她的标志。"一名曾经和朴槿惠共事的人这样评价她。也有很多人批评朴槿惠没有自己的想法，或者不知道她的心里在想什么。

金珍镐表示："是有这种说法，不过朴槿惠的幕僚说，她很和气，办事冷静，很客观，用机械的方式来分析事情。"

"她的父母都被杀死了，她很难相信其他人，不会将自己的感情表现出来。"韩国资深媒体人李成贤表示。

自从 1979 年离开青瓦台，朴槿惠在一些非政府组织中任职，仿佛一夜之间消失。

由于家世影响，朴槿惠虽年轻时也有喜欢的人，甚至戏称"初恋"是《三国演义》中的赵子龙，但她最终放弃了婚姻。1982 年，堂哥朴在鸿劝朴槿惠结婚，她极力反对说："哥哥，以后请不要再说这样的话"。

朴槿惠精通中文，尤其钦佩冯友兰。"20 多岁时曾面临难以承受的考验和痛苦。"她说，在艰难的岁月中，《中国哲学史》蕴涵了让她变得正直和战胜这个混乱世界的智慧和教诲。

朴槿惠曾在台北文化大学获得名誉文化博士学位，也曾访问中国大陆，发表"韩国新村运动的成果"的演讲。

改写地区政治史的女人

20世纪90年代末，经历了金融危机的韩国人，开始怀念朴正熙时代的高速发展。此时，朴槿惠适时地回到了公众视线。

"如果只有我自己舒舒服服地活着，那等我去世后就不能堂堂正正地见父母。"1998年，45岁的朴槿惠打出"为父亲未竟事业尽一点力"的口号，以压倒性优势当选国会议员。

朴槿惠加入了大国家党（新国家党的前身）。此后，她先后5次高票当选国会议员，获称"选举女王"。2004年，当大国家党由于政治丑闻濒临绝境，朴槿惠挺身而出当选党首。她卖掉党部大楼"还债"，走遍全国表达"悔改"，并搭建帐篷作为"党舍"。一年之后，朴槿惠成功带领大国家党重返第一大党位置。

朴槿惠为以男人为中心的大国家党带来一股清风，她佩戴母亲的首饰，模仿母亲发型。许多韩国人认为，朴槿惠具备传统韩国妇女的温柔、有礼、安静和耐心，同时又继承了父亲的钢铁意志。

熟悉朴槿惠的人说，她是个非常重视原则和信用的人，讲话明快简洁，行事作风果断、务实。每次选举，朴槿惠周游全国，吃饭都非常简单。如果她的手因为握手太多而疼痛，她会用绷带扎起来，或用另一只手握手。

在日常生活中，朴槿惠也处处力图引起年轻人共鸣。在竞选中，她和年轻人共跳骑马舞，她个人网站的开头音乐一度选用安在旭演唱的《朋友》。2005年5月，朴槿惠在北京大学演讲时，主动提及年轻人喜欢的"韩流"明星，还说韩国很多人都是从小吃炸酱面长大的……她的幽默和紧跟流行的时尚感，引来在场同学热烈的掌声和阵阵笑声。

2007 年，虽然在党内总统候选人竞选中败给李明博，但 5 年后，60 岁的朴槿惠终于成功。这位曾以撒切尔夫人和英国女王为榜样的"冰公主"，成为改写东北亚地区近现代政治史的女性。

　　韩国媒体称，独身的朴槿惠是"嫁给韩国的女人"。而朴槿惠表示："我没有家庭可以照顾，没有子女可以继承财富，国家是我唯一希望服务的对象。"

郭川：航海英雄的极限人生

文／格 林

2013 年 4 月 5 日，青岛奥帆码头，郭川驾驶着帆船"青岛号"回到了阔别 138 天的陆地。自 2012 年 11 月 18 日从青岛出发开始，他孤身一人，在波涛汹涌的大海上航行了 21600 海里（约 4 万公里），完成了人类航海史上的一项壮举，成功挑战了 40 英尺级无动力帆船单人不间断环球航行的世界纪录。

这个蓬头垢面的汉子爬上岸之后长跪不起，埋头亲吻着故乡的土地。慢慢地，他抬起头，对妻子说："我，活着回来了！"

宇航工程师、公司副总、北大 MBA……当年曾是标准社会精英的郭川毅然选择辞职，全身心投入自己热爱的极限运动当中。他 38 岁第一次接触帆船，42 岁开始接受专业帆船训练，48 岁完成对世界纪录的挑战。在推崇平稳、顺畅的生活哲学的中国社会，郭川向世人展现了人生的另外一种可能性。

洋面上的信念

驾驶帆船环球旅行，听上去似乎不无浪漫情调，但实际上是极其复杂和严苛的极限项目。按照规则，无论遭逢什么情况，郭川都不能接近任何船只和陆地，即便是接受外界的一瓶水、一口食物，甚至一个手势，世界纪录的努力都将告吹。

138 天的时间里，郭川吃的只有无滋味可言的脱水食材，睡觉只能瞅航线上状况良好时，抓紧睡二三十分钟，一天累积起来能睡上两三小时，曾有四天四夜都无法入睡。

在远航中会遇到什么样的风险，谁都无法预料。有一天行至中途，大前帆在距离桅杆顶两米多的位置断裂，残帆缠住了球帆，影响航行速度和安全，郭川必须爬上 18 米高的桅杆去剪前帆碎片。这让郭川想起帆船圈里的一个恐怖传说：一对夫妇驾驶帆船远航，男人爬上桅杆解决故障，却卡在中途。茫茫海上，妻子束手无策，最后只能眼睁睁地看着丈夫悬在上面死去，吹成了人干。

南美大陆最南端的合恩角是海上环球旅行的必经之地。这里终年风暴异常、海水冰冷，历史上曾有五百多艘船只在此沉没，两万余人葬身海底，有"海上坟场"之称。2013 年 1 月 18 日，郭川的帆船驶到了这一"魔鬼角"。渗透到骨子里的阴冷让郭川觉得那一夜是整个航行中"最虚弱、最无助的时间"。

尽管遭遇了一次又一次风险和难关，但是对于郭川来说，"最大的挑战是孤独"。无际的大海上，郭川只能以风为友，与海对话。137 天20 小时，郭川记不清自己流过多少眼泪。在与陆地和人群隔绝的洋面之中，个人的力量似乎无比渺小，却又万分重要。郭川始终记得家人的守候和心中的梦想，才能保持坚持下去的信念和意志，最终成功归来。

不做车辕上的马

之所以敢于踏上艰险的航程，并能够在漫长的绝境中坚持下来，是因为这条路是郭川发自内心深处的主动选择。

生于 1965 年的郭川从小就胆子大，自己还不会游泳时，就敢跟着一群孩子下水嬉戏，差点淹死，回家后却只字未提。郭川的姐姐记得更清楚的是，1986 年美国"挑战者号"航天飞机失事，她正感慨"疯子才去干这么危险的事"，郭川却平静地说："我会去，死了也值得。"

但是总的来说，学习成绩优异的郭川在青年时期的成长道路非常"正常"。他就读于北京航空航天大学自动化系，大学期间在体育运动方面并不突出，只是偶尔去坐过山车、玩蹦极。

北航研究生毕业后，郭川进入长城工业总公司，从事商业卫星发射相关工作，后来又担任了长城国际经济技术合作公司副总，1999 年获得了北大光华管理学院的 MBA 学位，是一位典型的青年才俊。

但是正当事业上发展一片大好的时候，郭川心中向往自由的因子却好像觉醒了。他觉得自己像是"车辕上的一匹马"，束缚、压抑，渴望奔跑却被缰绳和身边缓慢的马匹拖累。

户外运动成了他释放和挑战自己的好方式。当时北京还没有滑雪场，郭川就专程飞到黑龙江亚布力雪场去体验滑雪，一个冬天去了三四次；他是国内最早的一批滑翔伞爱好者之一；风筝板技术在国内只有一位国家帆板队队员掌握时，他就专门托朋友联系向其拜师学习……

在极限运动中，郭川仿佛找到了真正的归宿，他决定正式辞职。辞职后的郭川像是脱缰的野马，自由自在。几年里，他接触了帆船，数次参加香港帆船圈和北京奥运宣传的相关活动；他驾驶超轻型动力三角翼飞上了天；学习潜水，取得公开水域 35 米 PADI 潜水执照；首次接触滑翔机，却在 5 天之后就独自飞上了天空，创造了在极限圈子里流传多年的"神迹"。

郭川曾在博客中写道："人生中如果权衡太多，很可能变成永远在作决定，却最终没有任何结果。而一旦选择自己想要的生活，朝着目标前进，就会全神贯注地投入所有的激情。"正是因为当初选择听从内心的声音，才彻底激发了自己的潜能，有了今天创造世界纪录、被称为"英雄""第一人"的郭川。

不后悔干的蠢事

文/雷　军

18 岁上大一那年，我看了《硅谷之火》这本书后，激动不已。我就想可以做点什么？远在中国的大学生，有没有机会像硅谷英雄一样，书写属于自己的篇章？就这样，18 岁那年，我有了坚持至今的梦想。

1991 年，我去了金山，那时候 WPS 刚起步。1996 年时，我们进入困境，拳头产品 WPS 遭受到微软极其惨烈的竞争。那时第一波的民族软件公司基本都死了，我们也快要关门了，收入几乎跌到了没有，很多人离开。

我们面临一个重大选择：革命何去何从？后来我们想清楚了怎么生存，方法就是游击战，什么微软不做，我们就做什么。我们做了金山词霸、金山毒霸等。其实这些选择很容易，真正难的是，十来个人、七八条枪，能跟跨国公司竞争吗？我们还要做 WPS 吗？

在只有十几个人的时候，我们居然做出了这样的决定：把 WPS 进行到底，把办公软件做到底。这是个极为艰难的决定，做了这个决定后，就是长达十多年"暗无天日"的金山创业史。

在 20 世纪 90 年代末，金山比现在这些 IT 公司大很多，我们有一两百人、有营业额几千万到一亿时，1998 年 12 月腾讯创业，1999 年李彦宏创业，1999 年末阿里巴巴创业，但我们错过了整个互联网。我

们把最优秀的人大部分派往 WPS，做的所有产品都是为了以战养战，挣来的钱全部用来养 WPS。我们背着一个巨大的包袱在长征，那几年的仗打得非常苦。在这十几年里，金山不是一个很成功的公司。

后来那几年我反复在复盘，假如我们不坚持做 WPS 呢？当时我们是中国最大的 IT 公司之一，我们顺势转成互联网呢？但我们做了 WPS，失去了巨大的商业机会。

40 岁时，我新办了小米科技。可能很多人认为 40 岁已经很老了，我不这样看，因为 40 岁时我觉得人生目标还没有完成，愿意再去试一把。我那时的确很大的压力，最担心的是失败了没面子，因为我曾"冒充"创业导师，参与创办了 20 多家公司。

支撑我跨过这些，最重要的是 18 岁那年，我曾经有过梦想，不管成功还是失败，我可以很骄傲地对自己说，我此生无憾。

现在的数据是，在 PC 上，每个月使用 WPS 的是 5800 万，手机上是 1800 万人，这还不包括政府采购的不联网的 WPS。15 年的坚守，WPS 又获得了一个弯道超车的机会。

过去 3 年里，我也一直在想，如果历史重新回到 1996 年，我还会不会坚持做 WPS？有了今天的商业经验，有了成为腾讯第二、百度第二、阿里第二的巨大诱惑，我还会不会这样选择？

现在我想出了答案：假如生命能再来一回，我还是会选择坚持做 WPS，这就是人的宿命。因为在我的骨子里，在 18 岁那年，我选择了做一个不平凡的人，太平凡的事对我没有吸引力，所以才会选择十来人的小公司，像堂吉诃德一样，做一点不同寻常的事情。这个决定不是我今天四十几岁能做的。

40 岁之后，我一再讲顺势而为。我觉得 20 来岁的雷军，干了一件什么"蠢事"呢？叫逆天而为。顺势就该转互联网，可是当时我不服气，要扳回来，所以才会做那个决定。

　　志存高远与顺势而为冲突时，我们选择了前者。不是傻，不是看不到，是年轻人一腔热血，我们就是想干一番伟大的事情，所以我们不后悔。

萧敬腾很好骗的

文／小 VC

萧敬腾真不像一个25岁的青春少年。他总给人沧桑的错觉，唱歌唱得用力过度、奋不顾身、痛彻心扉，仿佛人生在世只有爱与被爱这一宏伟隆重的论题。

这种隆重放在任何一个男生身上都有点儿蠢，如今多少男生在成年后总喜欢举重若轻假装无所谓，生怕因青涩而被笑话。是的，用情过度在这个年代并不取巧。可想想，能舍得下力气去爱，大概也只有在这般年轻又蠢的年纪。

太容易被控制和煽情

年少的时候，萧敬腾是学校里的狠角色。混迹于网吧和桌球室，最大的乐趣就是逃课、打架、混帮派。那时的他以"手很大，打人很疼"而自豪，惹事闯祸变成了家常便饭。

没有人会想到那双打人的手，有一天会用在台湾《超级星光大道》、"金钟奖"上敲爵士鼓、弹钢琴。初三那年，萧敬腾退学了，青春源源不断的绝望、愤怒、无路可走让他不知时日地日日敲爵士鼓宣泄情绪。顺带着，他没目地地玩起键盘、吉他、萨克斯、直笛。好在上天总会在抽离我们某些能力后，给予我们另一些奇妙的才能。什么都很"糟糕"

的萧敬腾在民歌餐厅驻唱，收效居然不错。当来往的客人渐渐注意到这个瘦瘦白白的男生时，萧敬腾却性情大变，话变得越来越少。

也许是脱离了校园无忧无虑的生活，也许是经历了社会现实的打磨，也许是各种不为外人道的心结，当20岁的萧敬腾站在《超级星光大道》的舞台上时，他已经变成了一个沉默而腼腆的男生。可命运总爱成全无心插柳，短短三场PK赛让匆匆上台的萧敬腾瞬间就红了。走在台湾的街头能被人认出，弄得拮据的萧敬腾自己动手洗车都不好意思。

年轻的叛逆和叫嚣，有时只为图得最浅薄的关注与认可。可成年之后，当真正的关注到来时，他却变得局促。萧敬腾上《康熙来了》时，小S大喊"主持生涯遇到瓶颈"，"如果王菲跟萧敬腾在一起的话，还嫌王菲的话多呢"。但冷场并不是他的雷区，他爱笑，笑得腼腆又真诚。

"很后悔自己没有读书，我什么都不懂，甚至连字都不太会写。"在《沈春华Life Show》里，真实如他，被主持人煽动得还没开始聊天就泪流满面。当悲伤的音乐切换到轻松跳跃的音乐，他瞬间又笑得五官舒展。同是"星光帮"的新人，这场景，换成身经百战的杨宗纬，换作敏感谨慎的林宥嘉，都不会如此容易被控制，也不会这般容易动情。

可萧敬腾不，硬要跟他"装熟"，他很容易中招。某周刊记者在电话里对他大喊"我们也算熟人了，你要好好回答"，这样硬"装熟"的结果是此周刊获得独家刊发他的新书《萧敬腾的成年礼》的部分文字和图片。

萧敬腾，真好骗啊！

人生只对一件事情认真

如果一个人，对自卑坦诚，却不因此而不开心；被比较，也毫不在意——那才是真正的没心机。娱乐圈鱼龙混杂，想拔得头筹，唱好歌不算，还需保持好身材，穿得出惊人装扮，讲得出催人泪下的成长史，才能让

薄情粉丝动容，情比金坚——显然，萧敬腾都不是。

在第一届《超级星光大道》上，他一头黄毛，骨瘦如柴。走红后他钟情老式西装，独爱梳油头，十足像透了20世纪60年代穿越而来的走红歌手。

扬长避短这回事在萧敬腾身上是不存在的。

伦敦奥运期间，他兴高采烈地与孙杨合照，站在肌肉发达、帅气逼人的孙杨身边，仅到孙杨肩膀的萧敬腾看来无比小鸟依人。你以为萧敬腾会尴尬吗？不，他开心地上传到微博上供人欣赏。

在个人演唱会上，萧敬腾兴高采烈邀请来好友周渝民，帅气的仔仔在演唱会上现场教他电动马达臀，肢体僵硬的他也兴致盎然地步步学习。热烈之处，高大的仔仔更是擒住萧敬腾与观众互动，萧敬腾的衣领被扯歪也无所谓，演唱会主唱反倒变成了陪衬。有人说，仔仔太抢镜了。萧敬腾笑笑，很好玩啊。

有人说萧敬腾像阿杜，声线沙哑，两人皆属性格内向。前段时间传说阿杜因为不堪圈内压力而精神失常，萧敬腾坦承自己也有这种可能。

他从来不去争不擅长的东西，他也不避讳自己的短处，不附和其他明星，不唱歌的时候他是百分百的配角。他似乎只对一件事认真，就是唱歌。

虽然萧敬腾不帅气，眼神游离，腰板也未曾挺直，唱起歌来抓紧胃，五官紧蹙仿如服毒。可所有他翻唱过的歌曲，都会给人留下难以磨灭的印象。他每次都掏心挖肺般地唱，仿佛经历了无数次刻骨的爱与不爱。这似乎印证了，厚唇的人总是感性和重情的。

如果一个男人长相并不出众，却深得少男少女、师奶阿伯的厚爱，那必定是有其独特的性格魅力所在。一个年少叛逆且毫不上进的人，却可以下决心一口气学那么多乐器，其中必有他的过人之处。这么多年的喜怒哀乐之后，他一纸成绩上的"loser"早已销去。他怀有天真，怀有理想，不恐惧失去。这似乎在告诉我们——梦想有手，会把我们雕刻成我们本来的样子，哪怕它需要你途经风霜。

江湖没有给他智慧

发生在萧敬腾身上的事情总是千奇百怪。

2012年7月21日，萧敬腾去北京开演唱会，结果北京遭遇61年来最大暴雨；8月8日，他在上海开演唱会，上海遭遇50年来最大台风"海葵"；当萧敬腾在南京开唱，所有人都对"雨神"能否延续神话倍感期待，因为南京连续29天没有下雨了，结果萧敬腾一到，南京居然飘起了小雨。

林林总总的奇闻趣事让萧敬腾被封"雨神"。当所有人围住他希望他能说出点什么奇思妙想时，他半天吐不出一个字。萧敬腾从来都不是投机倒把分子，他不是一个善于炒作的人。

曾经我一度觉得萧敬腾像伍佰、像阿杜——总之不是养尊处优的一类。他曾行走江湖，却未曾学到半点江湖智慧；他风华正茂，却仿若历经沧桑。

天生就是沧桑派，好歹唱情歌也多了几分说服力。这几年，萧敬腾似乎比之前更活跃一些，眉目之间不再涣散，传神许多。或许是这些年不胜枚举的获奖让他多了几分底气和自信。在萧敬腾身上，只验证了一句话——人的底气来自于成绩，越努力，越幸运，这也是适用于所有人的生存之道。

至于他不够人情练达，他掏心挖肺，他情真意切，不要笑他，这也是最真实的二十来岁的你我。

杨媛草：中国娱乐新女王

文／哈　娜

　　从三年前连续三季打破中国电视综艺节目收视率纪录的《中国达人秀》，到去年几乎垄断每个周末家家户户电视荧屏的《中国好声音》，中国收视率前 10 名的综艺节目，5 个由她引进。做过服务生、当过翻译的杨媛草白手起家，靠自己的能力打入中国电视圈，成为名副其实的中国娱乐新女王。

　　每周五上午 9 点，杨媛草准时坐在伦敦办公室电视前。由团队精心筛选的 20 个节目在屏幕上逐次播放。它们来自世界各地，内容千奇百怪……杨媛草面前摆好了厚厚一摞节目评审单，她将最终决定这些节目能否出现在中国上亿个电视屏幕上。

　　耳边是声浪震天的音乐、节目主持人兴奋的呐喊，但杨媛草的表情就像老僧入定，冷静地在笔记上写写画画，最终交给助理一张 YES OR NO 备忘录。"选择好的内容要懂得老外创作节目的文化背景，也要观察中国市场的收视走向，我们不会一时冲动迷失方向。"

　　选节目只是杨媛草工作的极小部分：早上 4 点她从伦敦出发飞荷兰谈节目购买，6 小时连续会议，见了节目制作方、律师、电视台高管；晚上 8 点她从荷兰飞回伦敦；第二天早上 7 点到公司，有 8 个会议等着她；晚上 9 点结束工作，等待她的是明早 9 点开始的演讲彩排，N 个会后她将飞回上海。她不觉得辛苦，反而因为时差而庆幸："一天突然变得好长，能多做好多事情。"

摒弃人云亦云才能异军突起

早在 2010 年秋天，杨媛草已从荷兰 Talpa 公司手中买断《THE VOICE》在中国地区的独家发行权。到了中国，《THE VOICE》有了一个更为响亮的名字——《中国好声音》。第一季从首播到总决赛之夜，短短两个多月，收视率从 1.47% 飙升至冲破 5%。节目广告报价从每 15 秒 15 万元暴涨到 200 万元，依旧供不应求。大众热议，广电总局点名表扬，这一切成就了《中国好声音》在国内电视综艺圈史无前例的辉煌。

杨媛草记得的却是那些观众看不到的瞬间。《THE VOICE》大获成功后，Talpa 公司强势保证节目全球品牌统一性，规定中国制作方必须提供 6 个月前期准备时间，杨媛草说服版权方自己可以用 2 个月时间达到 6 个月的准备效果。团队通宵达旦加班，4 把导师坐的转椅来不及定做，杨媛草立马包装英国版《THE VOICE》的椅子空运到上海。一把转椅火了，如今打开电视就能看到转椅，不少电视台找到杨媛草担任 CEO 的 IPCN 国际传媒，"连房地产老板都来跟我们谈节目版权"。时至今日，IPCN 手握 300 多个海外节目版权，包括《中国达人秀》、《中国好声音》、《梦立方》等。

野草精神顽强成长

媛草，源自"离离原上草"。小时候的杨媛草个性坚毅，成绩优异，立志要当战地记者，是重庆外国语学校的高才生，但一帆风顺的人生却在 18 岁戛然而止。那年父亲去世，他创办的塑料厂堆积着 5 万个存货。母亲伤心欲绝，杨媛草愣是一声不吭，整理客户清单、挨家挨户上门，完成了不可能的销货任务。之后她拒绝了保送大学的机会，每天到滨江公园大声念外语，拿到英国新闻学排名第一的卡迪夫大学的录取通知书。

杨媛草把关闭工厂的钱都留给了母亲，在英国她在酒吧打工、做兼职翻译维持生活，吃过不少苦。多年后她却在微博上写下这样一段话："30英镑一周的房租，超市里只买便宜的自制食物；唐人街餐馆老板是个色狼，所以我打工，同学轮守到凌晨3点来接我，次日几条热狗就把工资用完了。多么美好的留学时光！"她根据亲身经历拍摄的《国际学生》拿到BBC新闻新人奖，教授开玩笑说"应该改为生存奖"。

毕业找工作时，她再次一鸣惊人。伦敦皇家警察署委托设计招兵广告，杨媛草的提案胜出，之后她收到来自英国中央新闻办的录取通知，负责政府公益性宣传。捧上了金饭碗，杨媛草依旧一丝不苟，一份调查问卷需要搜集足够多的信息做成报告，别人都在查找现成资料，杨媛草却到伦敦印巴人居住地，挨家挨户敲了200多户人家的门详细了解。

在碰壁中顺势转向

在英国中央新闻办入职6个月，杨媛草拿到200万英镑的订单。工作前程似锦，对一个刚毕业的中国留学生来说，不能要求更多，但杨媛草一直跃跃欲试要回到媒体业。回国休假期间，她看到电视台的外语节目水准不高，于是萌发了做一档英语教学节目的想法。一回到伦敦，她马上注册野草制作公司，打造《挑战异文化》，"从读书、申请大学到辞职创业，我都是个实干家"。

上海电视节上，杨媛草一口气把《挑战异文化》卖给了18家地方电视台。次年，杨媛草又制作了两档真人秀。为了卖节目，她住在北京秀水街对面最简陋的小旅馆，每天踩着高跟鞋、带着样片去不远处的中国大饭店跟各色人等开会。功夫不负有心人，两档节目都被国内电视台看中，但没想到节目落地最后一刻，她遭遇当头一棒——审批不过关。

没有批文，节目胎死腹中，一切付诸东流。那是杨媛草人生最重的一次摔倒，她结束了第一次创业，将自己放逐到遥远的加勒比海。数月之后，杨媛草卷土重来。"目标不变，有时候不能从 A 直接到 Z，我就先到 B。"B 是当时中国尚无人问津的一块领域——电视节目版权模式引进与经营，"我可以先引进版权，学习经验、积聚人气，再重新走回原创之路"。

一次战略投资会议上，杨媛草向国外电视媒体提出中国市场的不确定性，不能 March（进军），需要 Navigate（导航）。她的发言引起了外国电视圈大佬的好奇，"那些人见惯了毕恭毕敬的态度，突然出来一个陌生的中国女人'指点江山'，大家会觉得很奇怪，又很有意思。"杨媛草的演讲最终打动了现场的一位先生，会后他邀请道："我们能一起工作吗？"此人正是英国著名综合电视台 ITV 前任首席执行官 Mick Desmond。2007 年 10 月，IPCN 国际传媒成立，杨媛草丰富的国内资源、Mick Desmond 在 ITV 长达 25 年的工作经历，组成了日后闯荡中国电视圈的黄金组合。

竞争中没有难题，只有挑战

从国外买节目版权，再销售给国内电视台，杨媛草的理念曾被视为"异想天开"，外国电视制作机构向她抱怨。"在中国卖版权无路可走。他们不停地做笔记，看完节目，说'不，谢谢'，然后下个月，一个相似的节目却在中国电视上播出。"

中国电视圈山寨成风，播出平台又异常强势，版权该怎么卖？杨媛草在等待着一飞冲天的机会。2010 年，世博会在上海召开，全世界聚焦申城，她向东方卫视推介《中国达人秀》。为了让投资巨大的节目顺利落地，杨媛草主动出击争取商业赞助，最终这一年，《中国达人秀》收益高达 4 亿元，接近东方卫视总收入的一半。

"我们不会拿着节目 DVD 四处兜售。我要做的是不断研究如何配方、

如何包装、如何符合本土观众的口味，从主持人习惯到新媒体点击率，都是考验。"国外《达人秀》半决赛时是日播，但到了中国就变成周播，这是杨媛草协调的结果。那英在《中国好声音》第一期就兴之所至，脱鞋上台与学员飙歌，荷兰顾问不认可，认为这样的招数应该等到第二期再用，但是最终节目效果很好。"我们不是只把节目卖掉就 OK。我宁可不卖，也不愿意卖出去以后做不好。"

除了节目引进和冠名赞助谈判外，与经纪公司联系、合同谈判、签证申请……她曾经样样亲力亲为，甚至连想宣传口号也是她的工作。比如《中国好声音》赞助商加多宝要求的广告词被她最终说服改成响亮的"正宗好凉茶，正宗好声音"。

决不重复，突破自我

"重复"是杨媛草最忌讳的词。地铁新闻、路边杂志都能提供她一瞬间的灵感。一上出租车，她会立刻询问司机喜欢看什么电视节目。"IPCN 中最重要的就是 C——content（内容）。我们并不是简单的版权买卖中间商，而是针对中国中产阶级生活方式的内容开发商。"

杨媛草一周健身 4 次，还能以 4 小时 41 分钟跑完 42 公里的伦敦慈善马拉松赛。"能跑马拉松的女人，世界上没有什么能难倒她。"这是她的坚毅。

而她成功的秘诀则在于敢为人先："别人还在为买歌舞节目挣扎，我们已经在琢磨下一个电视剧结构的真人秀了。"

"例外"的例外

文/李 翊

2013年3月22日，彭丽媛和国家主席习近平手挽手踏出机舱门那一刻开始，由"第一夫人"引发的时尚效应终于出现在中国。沉稳大气、端庄得体的服饰搭配一时间引起各界极大关注，被网友称为"丽媛style"。而这一身行头从服装到皮包均是来自一个国内本土品牌，其设计者就是从苏州大学走出的高才生、著名女设计师马可。

反写的"exception"

"例外"的logo是一个反写的英文单词"exception"（例外）。作为中国第一个独立设计师品牌的创办者和赋予这个女装品牌精神内涵的灵魂人物，马可也是设计师中的一个例外。

"1995年春天，在北京亚运村举行的中国首届'十佳时装设计师'颁奖活动中，我第一次见到马可的设计。"资深媒体人上官秋清，在她的文章中写道，"……直到眼前忽然出现了一个步履缓慢悠闲、化妆清淡却带着倔强的女孩，身后跟着和她同样气度的女孩，她们身上的衣服仿佛采撷自大自然的色彩，无比舒适地包裹在身体上……这才是真正的时装！"

在20世纪90年代的中国，由于时装业起步晚，好的设计其实并不多见。

此前一年，年仅 23 岁、毕业于苏州丝绸工学院（1997 年 10 月并入苏州大学）的马可凭借作品"秦俑"获得了"兄弟杯"国际青年服装设计师大赛金奖和中国"十佳时装设计师"称号。有评论说，"秦俑"改正了中国人一提传统服饰文化言必称旗袍的毛病。

1996 年，在香港一家服装公司担任设计总监的马可辞职，埋头开始创立自己的品牌——反写的"exception"，基地定在广州。"1996 年，人们的审美观是求同，而不是求异，于是就想有一个与众不同的设计，是反流行的、反大众的。"马可如此解释品牌设计的最初理念。那是 11 月的某一天，凉意渐浓的仲秋，广州五羊新城一幢居民楼的套间里，中国第一个设计师女装品牌"例外"诞生了。

这像是一场华丽的冒险。注册公司来创业的 30 万元是马可的合伙人毛继鸿从弟弟那里借的，第一季的衣服，都是拿去北京和广州的小店寄卖。在北京的那家叫"素人店铺"的店里，从晚上 6 点到 9 点，就售出了 6 件！"永远记得当时人们看到'例外'衣服时候的惊奇眼神，因为在那个年代，'例外'的风格对大家来说，就是个意外。这给了我和马可信心和鼓励。"毛继鸿说。

逆风而行

马可比时尚圈里任何人都耐得住寂寞。国内大部分年轻的设计师致力于参加各种大赛，期待被国内外知名的服装品牌相中。而 1994 年的"兄弟杯"是马可唯一的一次参赛，在此之后，马可就将自己"隐没"了。

《Vogue》杂志主编张宇说："'例外'一直扎根于广州，和时尚圈保持一定的距离，也从来没求着要上各种时尚杂志。"十几年来，马可从未离开过广东，间断性地出现，但每一次出现都十足震撼。

"1999 年，20 世纪的最后一年。如果地球真的像诺查丹玛斯所预言的那样在这一年毁灭，您能想到的是什么？"以这样一句话作为开头，知名设计师欧宁在1998年向30多位国内年轻的艺术家发出邀请，请他们参与一项被他命名为"1999，消失的世纪"的主题年历创作。而马可是唯一被邀请的时装设计师。

这一年，马可27岁，尽管醉心于创作，但她仍然对一切新事物保持着浓厚的兴趣和好奇心，像海绵一样从音乐、舞蹈、美术等艺术门类中吸取营养，不愿把自己固定在时装设计师的位置。

一周后，欧宁专程来广州取马可的设计，问到他的感受，他只说了一句："简直够资格上《THE FACE》的时装特辑。"（注：《THE FACE》是一份行业地位极高的英国前卫设计、时装杂志。）

年轻、富有才华、头脑清醒、务实，马可拥有的成功指数在中国时装界是相当高的，她的个人品牌自从1996年底正式发布以来无疑已经成为一部分都市女性特别钟情的品牌。但她仍然强调，她并没有占领多少市场份额的长远计划，她甚至有意把"例外"的发展控制在自己能把握的程度。"我前一阵子和国内服装行业的老板聊天，发现大家开口都是50亿、100亿元的销售额，低于这个数字你不好意思说你是做服装的。"专栏作家同时也是时尚买手的江山说，"'例外'的销售额撑死了也就10个亿，在目前的中国服装行业也算一朵'奇葩'了。国内品牌的成长期短，一般是第一二年急速上升，第三四年空前收获，而第五六年就走向衰落；而在国外，品牌的培育期就有几十年。"

"无用"中的"道"

2006年，马可搬离广州定居珠海，开创"无用"品牌，和"例外"的关系也从设计总监转变为艺术指导。

在马可的定义中，"无用"不是一个时尚品牌而是一个公益组织，最基本目标是致力于传统手工艺的传承和再创造，让它能跟现在的时代接轨，不至于被淘汰或者边缘化。再者，就是帮助世界上贫困和发达地区的人进行一种互动。

2007年马可带着新品牌"无用"参加巴黎时装周，在巴黎一所学校的体育场展出。她在地上撒满了从中国运去的泥土，26名从8岁到75岁的真人模特，将脸涂成泥土灰色，或坐或站，身披巨大、残旧却做工精致的衣服——她把衣服埋进土里，过一段时间后取出来，所以每一件衣服都经过土壤的浸染而独一无二。2008年夏天，"无用"再次现身巴黎高级定制时装周。马可把农村的织布机搬到皇宫后花园里，就让贵州的织女在那里纺纱织布，40多名瑜伽修炼者穿上农民下地劳作的衣物，在蒙古族女歌手空旷的歌声中舞蹈。巴黎又震惊了。

2007年，"无用"在巴黎时装周发布后，与导演贾樟柯合作，推出电影纪录片《无用》，影片叙述马可在创造服饰时所表现出的服装与人的故事。这部纪录片最终获得第64届威尼斯电影节地平线单元的最佳纪录片奖。

丹麦第11届克劳斯王子基金奖，马可成为全球11位获奖者之一。颁奖方这样评价她的设计："她的衣服饱含超凡的手工技艺以及美学质感，强调衣服的内涵、文化传承以及与身体的关系，倡导具有人文关爱与环境意识的设计和制作。"

一方面是在国际时装界享有盛誉，另一方面个人生活极其低调脱俗。江山在接受采访时略带调侃地说："据说经常会有她的'粉丝'去到珠海马可的工作室'共乐园'，朝圣一般在周边转一转，然后在大门上留一张纸条，再离开。"

真实生活中的马可，确实很少购物很少逛商店，书店是她最常光顾的地方。她不爱看电视，不爱穿时装，不化妆，不上美容院，不关心体重，也不怕变老。她爱手写，记录一些生活中的感受。她热爱农村生活，"是真的热爱而不是作秀"。几乎每隔一段时间马可都要去农村生活一段时间。马可说："加入和体会农民的生活对于我是一种享受。了解他们的苦与乐，简单而有规律的生活，可以让在城市中长大的我明白很多自然中的'道'。设计师是要去专门设计，他们的工作，有点像演员，要把现实生活的某一方面抽出来，走向深处，做一次次演练。久了，可能会跟生活脱节。'无用'的创作都是在我珠海的工作室里完成的，思路上的构思却是在我的生活经历中缓慢积累而来。"

所有的大事都是小事组成的

文／水湄物语

刚进咨询公司的时候，我想象自己可以意气风发地跟客户谈论远景规划，可是回顾我几年的咨询顾问生涯，很多时间都放在了做PPT上。我曾经跟过一个特别严厉的老板，他要求把所有的图表，包括柱形图折线图圆饼图等等，一律取消组合，拆分出来一块一块变颜色和调整位置。而每一个新版本调整数据又是必不可少的，所以每次都要重做。

另外，基准线对齐、所有字体一致、电脑和打印颜色显示一致，等等，这些都是除内容之外的要求，因此1页PPT要花七八个小时，而通常做的都是超过300页的文件。

因此在后来的工作中，我对所有PPT或平面设计的东西，眼睛毒得很，没对齐基准线的我一眼就能看出来。

再说一个例子，《中国好声音》中有一个小情节，所有参赛选手都是跑步入场的，后台门打开之后，镜头里有一只握着话筒的手，参赛选手接过话筒，冲上梦想舞台。我经常想，那只拿话筒的手是谁的？是临时雇的电工，还是某名校编导系的毕业生？恐怕后者的几率会大很多。

想想他要做什么吧。首先，他的手不能伸得太出来，因为主要画面是参赛选手和话筒。其次也不能太缩，否则话筒就无法出现在画面中。他还必须要根据参赛选手的高矮调整举话筒的位置，否则有可能挡住选手的脸。还有，话筒不能握太紧，否则选手一把没有拿过去那可糟糕，话筒也不能握太松，要不然选手可能没接牢，话筒就掉地上了。

递个话筒是大事吗？显然不是，但这样的小事每个人都能做得好吗？我看未必。

《中国好声音》的团队非常优秀，进入这样的团队和项目可能是大多名校电视编导系优秀毕业生所向往的事。可是一旦进去了做什么？视觉总监能轮得上你吗？我猜能做的也就是在刘欢不准备上第二季做导师的时候，上司给你300个经纪人的电话，让你一个一个打去问备选导师们有没有档期。我猜就是让你举个话筒，如果举得不好，还随时有被骂被替换的可能。

《中国好声音》是大事，可轮到你做的，却都是小事！

别说你是新人，没什么经验，就算是做到了视觉总监，你以为做的都是大事吗？我做过一个明星代言的产品发布会的现场总控。那位明星代言的是洁面产品，彩排时发现代替明星洗脸的那个男模太高了，怎么办？让男模全程坐着，不能抢了明星的风头。其次，洁面乳的泡沫不够丰富，视觉表现不够强，怎么办？想办法加点料进去。男模洗脸开始用的是个红色塑料脸盆，看上去很土，怎么办？换呗。

虽然换脸盆、洁面乳加什么东西以及找凳子这些具体的事我不会做，但是作为现场总控，发现这些细节的是我，因为现场效果不好的责任人也是我。而能够发现这些细节，就是之前大量做小事所累积的经验。

这让我想起《喜剧之王》里的周星驰，当导演要求他演个出场就死的龙套时，他问，导演，我有几十种死法，你要哪种？

其实这个桥段有一个原型，周星驰当年在《射雕英雄传》剧组跑龙套的时候，他一出场就被梅超风一掌打在天灵盖上死掉。他戴假头发，涂一脸的灰，镜头总共不超过3秒钟，没有人会知道他是谁。可是他因为觉得自己表现不好，要求导演重拍。导演懒得理他，他就耐心等着导演，等导演一有空，他就冲上去说："你试试看给我一个机会，我再做一次。"

无论在工作中，还是在生活中，视野开阔、梦想高远固然重要，但脚踏实地，用心做好每件小事，才会更有竞争力。

世界上哪有那么多惊天动地、拯救人类的大事天天等着你做啊，你要做好的，不过就是手边的一件件小事。

写给初入职场的你

文／古　典

1993 年，王家卫要拍《东邪西毒》，他蛊惑了一群大牌明星：张国荣、张学友、梁家辉、张曼玉、林青霞、王祖贤、刘嘉玲……拍摄档期很长，拍摄地点遥远。投资人都在担心，王家卫这厮是票房毒药，《阿飞正传》就是晃了半天，叫好不叫座，光他自己爽了。结果不出意料，半年过去，杳无音信，投资人不愿意了。

王家卫说："这样，我们原班人马，场地不变，中途拉出去再拍一个搞笑的贺岁片，这么多明星保证好卖，两个片子一起算如何？"于是找来刘镇伟（就是那个周星驰电影里面的菩提老祖），自己当监制，拍出了《东成西就》。

果然，1993 年春节，《东成西就》乐疯了，创造 1.18 亿元的票房奇迹。《东邪西毒》也得以保持原来的纯粹和哲理，很多明星的镜头如王祖贤等，甚至全部被剪去。两三年后，它成为永恒经典。

王家卫就是个现实的理想主义者典范。刚刚毕业的你，一定有个理想主义、纯粹、不妥协的《东邪西毒》，但也应该有一个来钱、受欢迎，还有点要宝也无妨的《东成西就》。正如鲁迅所说："钱是买不到自由的，但是却往往需要因为钱卖掉自由。"

王家卫的故事还是个很好的职场隐喻——一个人要在职场实现自我，需要些什么呢？

第一需要的是选择好平台，这个平台允许你在不亏钱的前提下努力折腾。公司也是这样，有些公司是以不犯错为核心，有些公司则是以持续进步为核心。如果你是像王晶那样的求稳选手，前者其实是很好的平台——为了不犯错，公司会提供很多规章制度让你学习，你会成为很职业化的人；但如果你是王家卫这样的幺蛾子选手，一定要去一个求变化求新的公司，这里规则很少，收入不稳定，但是企业给你犯错的机会。

第二需要把前面三个工作做好。王家卫的前三部电影：《旺角卡门》、《阿飞正传》、《重庆森林》相当不错，其中，《阿飞正传》还一举获得第10届金像奖。所以，当王家卫想要拍电影的时候，张国荣、梁朝伟、张学友、林青霞等大明星，全都积极加入——因为好不好卖不要紧，关键是能拿奖，再不济，拿不拿奖不要紧，他能把人拍得特别好看！职场也是这样，刚刚进入公司的你，接手的前三个任务，完成品质其实是给你职业人品定调——大家都在看，这个人能把事情做到什么程度？一旦你第一步做得比别人好，第二轮"投资"就会涌来。有了第二轮投入，你又会比别人优秀。慢慢地，一年后，你已经能够成长为技术骨干了。

第三是要找到一群认同你的人。王家卫虽然不善言辞，却精于此道。刘镇伟是王家卫的职场贵人，他提携王家卫做编剧，关键时刻顶王家卫拍完《东成西就》，后来又被王家卫"骗"回来拍《天下无双》，却无怨无悔。刘镇伟是个极其懂商业片的人，他能完美弥补王家卫的劣势，却理解这个被他称为"高佬"的人。王家卫的御用演员梁朝伟，当年因为王家卫害怕他不愿意演同性恋角色，先骗到阿根廷，扣下护照，然后才开始说剧本——他一边骂，一边认认真真地演完了后面所有的戏。不管你是要创业、成功，还是自我实现，在职场中找到一群认同你想法的朋友非常重要。职场成功最经典的故事，往往不是孤独奋斗，而是平凡的小伙伴们先聚拢成一个圈子，然后一个人突然发迹，大家都火了起来。

刚毕业的你，年轻、理想、孤傲又胆怯，一如戴着墨镜的王家卫，请坚持你的《东邪西毒》，但是别忘了，你也需要一个《东成西就》。

找个牛人带路

文／马华兴

"王菲在微博里秀了一张模仿邓丽君的照片，你看到了吗？"

当一个客户跟我谈起他刚进入新企业而不知所措的焦虑时，我问了他一个八竿子打不着的问题。

"这跟我的工作有什么关系？"他的提问完全在我的意料之中。

"那张照片太像了，以至于网友们叫她王丽君。我上中学时特爱听王菲的歌，她还专门出过一个磁带，全是模仿邓丽君的歌。"我继续展开自己意识流的咨询。

"……"他已经完全蒙了。

"我想说的是，当你不知所措或者觉得不再成长时，你需要找个人模仿。"

这个诀窍非我发明，而是人类天生就有。

回顾一下各位曾经的模仿对象：刚出生时叫的第一声"妈妈"是在模仿妈妈，这种对母亲的模仿一直持续到上小学，开始模仿你喜欢的那个老师；进入青春期之后有了偶像，开始模仿追的那个明星：你会去学他带颤音的风格唱歌，你也会模仿电影里他的动作、表情和语言。一些人在第一份工作中之所以能迅速成长，是因为他找到了一个比他强又经常在他身边的人做导师来模仿，这让我想到了我第一份干了十几年的工作，工作的第一年我就"相中了"一个项目经理，把他当作职业导师，"吃定他"，这让我多方面的能力迅速提升。

找出牛人

当我们来到一家新公司，一个陌生的组织，面临各种新问题：开会流程、邮件风格、PPT 要求、工作内容……全是新内容，在他们看来驾轻就熟，在你看来又面临新的磨合。此时，我们又进入了一个新的迷茫期和成长期，不妨把模仿的绝技开启，先去找一个职业导师当模仿对象。

这个模仿对象，首先得有魅力，要么自信干练，要么学富五车，要么智慧深刻，反正无论怎样，他在这个组织里气场够足。

其次得跟你臭味相投。假如某天，你看到他在茶水间跟人聊天提到了某个民国大家，而你竟然也曾经深入研究过该大家的野史，你就会对这个职业导师有惺惺相惜之感，从而跟他有了那么一点共同语言。

再次，最佳的方案是，他还会跟你经常在一起工作，如果是你的顶头上司或项目合作伙伴，那就是天赐的机会，吃定他。即便不能经常在一起工作，那你也可以尽量创造出在一起工作的机会，抓住每一个会议、每一次邮件、每一个可能的项目。

如何模仿

观察。观察是模仿的第一方法。你要观察你的导师的一举手一投足、一言一行、一颦一笑。通过观察你就明白：当遇到多个利益纠纷的邮件他是如何回复的，他写 PPT 的思路是什么样的，他在会议中是如何发起疑问的，他是如何安排自己和团队工作的，他跟团队谈具体事情的语气如何、眼神如何、手势如何……

附体。当观察一段时间之后，当面对类似场合，你就会有"在这一刻灵魂附体"的感觉，写邮件时很像他的口吻，写 PPT 时比肩他的思路，会议沟通时调用他的语气、他的手势……整个过程是完全下意识的，以至于你会在一段时间里说的口头禅都跟你的职业导师一模一样。

继续观察，附体……这两个动作多次循环，之后你就会成为某某某第二。然后，你就成长为他的样子。

打住。

此时你们一定会让我打住，你们会说，如果这样，那我自己不又迷失了？我长成了别人的样子，那我自己的样子呢？

抄袭还是模仿？

想成为书法家，必先临摹大量古帖，之后才可整合各种风格而形成自己的风格；想成为国手，必先学习大量棋谱，之后才可有自己的棋路；而想成为自己，也必先模仿几个"导师"，之后便形成自己的样子。

当你模仿到一定程度之后，你会体悟更深层次的品性；当你多模仿几次之后，你会将每个"职业导师"的品性整合在一起，并灌注自己的品性，从而形成那个独一无二的你自己。

关键时刻，表现自己

文／刘 丹

你很有创意，你很有团队精神，你很刻苦……你为工作和团队付出了很多。且慢，别诉苦——我们认为，你优秀，但你还应该被看见！被谁？当然是你所在的组织、你的老板和同事们！

广大白领的职场偶像杜拉拉曾在日记中写下这样的金句："不努力工作是可悲的，不会适当展示自己更可悲。"为什么可悲？因为你没有像一个内心成熟的成人一样做职业化的事情，而是像一个孩子一样做着所谓的"老实人"，踏实本分地低头干活，不争不抢，认为是金子总会发光的，同时期待着你的老板、你的组织像父母一样主持公道，认识到你是一个"好孩子"，看到你、表扬你。

老板需要埋头苦干的人，但老板往往看不见头埋得很低的人，因为老板的心里往往都会放在那些棘手的、紧要的事情上，而在关键时刻表现出创意能力、拓展能力以及领导能力的人，往往会被老板和整个团队看好。而且，敢于在众人面前展示自己，也是自信的表现。

我们总结了一些能够让你闪闪发光的关键时刻，温馨提醒你：下次，别再错过这些好好表现自己的机会！

关键时刻一：开会时

开会是最容易让直接领导和同事们看到你优秀的时刻。你可能很低调，不愿意张扬，会无意识地往后坐，恨不得坐在老板看不到你的地方。可在我们的采访中，很多职场成功人士的体会是"永远都坐在前排"，这是通往职场"前排"的桥梁。

最重要的是，会前一定要准备，而且要充分，千万别期望在开会时能灵光一现，一个好的点子就出来了，而且老板也能看出来你是不是在打酱油。

另外，精心准备后，还需要以恰当的方式表现出来。员工表现自身的能力也很重要，假如你是演员，不仅要有实力，更要有能力让坐在最前排的 VIP 观众看到。你发言时的逻辑、你的自信，甚至你随机应变的能力，都很关键。必要时，可以对着镜子训练自己的公开表达能力，从声调、表情到逻辑。

关键时刻二：职位空缺时

当同事休产假、婚假、病假，或有同事突然辞职时，在老板不可能短期内找到合适的人选时，你的主动请缨会让老板对你刮目相看。但你可能会遭遇到来自同事的压力。同事会排斥你，有时会故意不合作，但当你一切以工作为出发点的时候，这些不快就不存在了。当你是以专业能力立足的时候，流言自会消失。

当职位出现空缺时，老板通常会选拔什么样的人才呢？老板相对来说更注重的是潜力，比如你的人格、知识储备、情感健康度、思想能力等方面。所以在老板面前，急于展现自己工作上的具体成果，可能不是最优秀的选择。通过具体的工作，展现出更多的潜力和可塑性，更具可行性。事实上，很多时候，即使你不去争取，老板也会综合考量，选择可以替代或兼职的人，你只要展示出更多的可能性以及责任心，你的表现就会被大家记住，你就会成为组织不可或缺的人——不仅仅是你的老板会看见你，你的同事也会看见。

关键时刻三：公司开年会

年会通常是展现另一个自我的好机会，你丰富的个性、你的才华，甚至你的创意尽可以充分展示出来，你出色的表现一定会给老板留下深刻印象。主持人会被认为有很好的管理能力、组织能力和随机应变的现场把控能力；优秀的节目表演者则会被认为具有团队精神以及相当好的沟通能力与表达能力。

比如，请缨担当主持人。当主持人可以名正言顺地穿好几套性感礼服，而不必被别人说成耍心机，更别提还有专业的造型师了。即使没有当上主持人，也可以大胆地参与团队的节目表演，这是个淋漓尽致耍宝、给大家带来欢乐的机会，别在乎形象，也别端着，与你平时的形象反差越大，大家对你的印象越深刻。

关键时刻四：新老板驾到

现在职场领导任职的平均时间为 3～4 年，而且有进一步缩短的趋势。在一些经常发生组织变革的活跃领域，每两年就会更换大老板。更换领导是职场中的好机会。领导的更替，其实是一次重新洗牌的过程。对每一个职员来讲，可能越洗越好，也可能越洗越糟。换句话说，要和老板成为一个战壕里的战友，成为利益共同体。因为再大的老板，新到一个地方也会有种疏离感，需要尽快融入，你的善意对新领导、对大家以及对团队都是有益的。

别误会，我们的出发点不是让你在老板面前投机取巧或是谄媚——在这样的时刻，你最好的表现就是做职业化的事情，不迟到，不早退，不休假，谨言慎行地完成自己应该完成的工作，并协助新领导熟悉工作情况和团队情况。

职场专业主义

文 / 王鹏程

出差结束，我从宾馆订了辆车出发去机场。司机 50 来岁，穿着深蓝色套装，戴着白色蓝檐帽子和白色手套，显得很职业。

他接过我的行李放在后备厢，然后坐进驾驶位置，摘下帽子，随手扔在前面，发动了车子。动作里没有宾馆司机常见的礼貌谦和，透着不耐烦。

车子驶稳，我们开始聊天。经过攀谈了解到，他的不耐烦，源于对工作的不喜欢。他说要不是没办法，谁这么大岁数还来干这活儿。

聊起来之后才发现，他的职场经历真丰富：当兵回来后做过射击教练，做过卡车试车员，曾经去某个山区给东风卡车测试轮胎，开着车跑山路测试多久会爆胎。还玩过水上飞机，设计的小飞机是当时水平最高的。也和朋友做过多次生意，几起几落。

最后，他拍着方向盘感慨，咳，年轻时不懂事，兴趣广泛，不定性，这个也好，那个也喜欢，最后哪个也没干成。当年一起当射击教练的，如今在做专业教练；一起玩水上飞机的，成了这个领域的专家；一起做生意的，已经建了好几个厂。自己呢，一事无成。这些年一直晃晃悠悠，现在老父亲快 80 岁了需要人养，自己也 50 来岁，老无所依，只能又出来工作。

作为职业规划师，我十分理解他的处境。

在生涯发展理论里，舒伯将人的生涯划分为成长期、探索期、建立期、维持期、退出期几个阶段。每个阶段都有不同的核心任务和核心角色，上一个阶段的任务没有完成，角色没有扮演好，必然影响下一阶段的生活。

这个司机，在探索期太久，始终没有清晰的职业定位，根本没有进入建立期。同样的年龄，别人只要维持自己的工作就好，而他始终没搞定该干什么，没有自己的专业。

第二个故事有关一个女孩，二十七八岁，做行政。她喜欢工作一段攒点儿钱便辞职，背起背包去旅行。旅行腻了，再回来找行政类的工作，工作一段再辞职去旅行。一次闲聊，职业规划师问她一个问题：30 岁之后，你该怎样生活？她现在还年轻，很容易谋得一份行政的工作。而行政是一份专业性很弱的工作，刚毕业的孩子都能从事，待她过了 30 岁，恐怕很难跟粉嫩的小孩竞争。即使她竞争得过，行政职位的待遇，或许也满足不了她那时的生活需求。听到职业规划师的问题，她受到触动，开始思考后面的人生。在她的年龄，正是该探索和建立自己专业的阶段，这个阶段的任务完成得不好，必将影响以后的生活。

其实，背包客最佳的状态是通过旅行，建立自己的职业和谋生能力，比如给杂志写专栏，给画报拍照片，组团给其他旅行者当导游等，否则，将荒废建立专业能力的时光。人的生涯是连续的，这段过于潇洒，下段就得更多付出。

工作，实质是一种交换关系，我们付出专业能力，为企业创造价值，企业支付相应的薪水和待遇。要想过得比较好，我们就得让自己更专业。所以，在企业里做行政的，做助理的，转去当 HR 会更好，因为比较行政和助理，HR 是更专业的工作。而打工的，做保安和建筑小工，就不如去做装修、做厨师，因为后者更专业，随着经验的累积，未来前景更美好。

最后一个故事，有关《水浒传》。梁山好汉的结局，最好的就是神医安道全、玉臂匠金大坚、紫髯伯皇甫端、圣手书生萧让、铁叫子乐和、轰天雷凌振。这几个人最后大都被政府征用了，为什么呢？看病、刻字、养马、写字、唱歌、做火药，他们共同的特点就是都是手艺人，都有一技之长。这给我们职场人士的启示是，你得有一样拿得出手的本事，做专做精。

从央视离开的罗振宇，在他的自媒体节目《逻辑思维》里提到一个词：U 盘化生存。意思是说未来的专业人士像 U 盘一样，自带信息，不装系统，随时插拔，自由协作。U 盘化生存不受行业，不受公司的限制，实质说的就是专业主义。

职场专业主义，你的专业是什么？

不要让人看出你的强势

文 / 脱不花

当我还是一个菜鸟时，到一个大客户那里常驻服务。当年她36岁，已经是副总裁，是那家公司的传奇人物。她并不漂亮，但很顺眼，一年四季穿各式白衬衫配不同颜色的西装裙、低跟鞋。

她手下的一个男生曾跟我这样描述："每天早上准时上班，但总会发现办公桌上贴着一两张她留给我的便笺，有时候是强调某个工作的要点，有时候是表扬或批评。我从来不知道她是什么时候留下的便笺，但是当我在公司里第一次升职时，内心的第一反应就是感谢她，我觉得她特别花了很多心思在我身上。"

为这家企业工作两年之后，我发现了她的秘密：除非出差，她每天比其他人早到办公室30分钟，即使当天上午在外有公务，也会先到公司后再离开。她就是利用这30分钟时间给其他人写便笺。便笺上印着一个她本人的漫画笑脸，帅极了。特别是冬天的早晨，当所有人从通勤大潮中挣扎出来、狼狈不堪地赶到公司，她总是一副气定神闲的样子在喝咖啡看材料。

10年之后，我终于成为主管这个客户的合伙人，而她亦当选为新一任董事长。我给她写了一封信，回忆了10年来她对一个菜鸟的影响。她很快回了一封简短的信，蓝色带漫画头像的私人信纸，里面有一句话让我永难忘怀："商业是一个与不确定性共舞的游戏，让我们努力去做其中最确定的因子。"

办公室里，最重要的就是营造一种上上下下对自己的"信任度"。而"信任度"正来自于她所说的这种"确定性"：工作方式有提前度，启动总比其他人早一步；个人形象有识别度，给人留下始终如一的印象；沟通界面有可控度——要让大老板觉得，你的状态永远都可控。当老板这样想时，恰恰是你 Hold 住自己命运的转折点。蓝色便笺则是她一个重要的技巧，通过这种方式让每个下属都觉得与她之间有一种私密的联结感，形成一种不是师徒胜似师徒的情感纽带。

在办公室这个道场里，气定神闲秒杀气急败坏，让人看出你的强势就输了。

液态族

文／张晓彤

2005 年与马达相识，缘于聘用他做运营维护主管。聘到一位具有三年职场经历、专业做过两年运维的人，我觉得特别得意。缘此，面目清秀、表达流畅、思维活跃的他，被纳入我的录用通知单。

共事半年，马达的种种表现让我很不放心，尝试与他谈心却找不出问题。偶然听他的下属说起，马达一直在联系同行，一方面是了解对方情况，另一方面似乎是在找下一份工作。我很诧异，他在公司待遇不错，怎么想离职了呢？

为了保证公司人员的稳定性，我找到与马达关系最好的同事小郭谈话。小郭告诉我，马达并不是真想离职，只是时刻做好准备。我不能理解，现在公司好好的，他随时准备个什么劲儿呢？小郭笑着告诉我，马达说了，"人无远虑，必有近忧"，再说谁不往高处走呢？

从此我对马达加了三分小心，他的工作成绩不错，但越是这样我越是担心，万一哪天他找到一家他认为好的企业，会不会突然离职？翻看马达之前的简历，我后悔自己招聘经验不足，三年时间，他换了三家企业，说明他一直就是两手准备来上班的人。自此，我对马达变得格外谨慎起来。

最不希望的事情还是发生了。入职不到八个月，马达突然提出要回老家工作，以便照顾身体不好的父母，这样的理由让人无法挽留。一周后，同事们发现他在另一家新开办的同业公司上班了，对方给的职位和收入都比公司这边好一些。我打电话以老同事的身份问他，为什么不能提前告知，也好让我在人员上有所准备？马达笑着回答："早说了，您不得做工作，不让我走啊！"

此后，差不多每半年到一年，我就会听到或是遇到已经换了工作的马达。开始，他的消息都是一步步向上升，因为他的确有出色的专业能力。后来是开始平移，最近两年他的消息渐少。最近一次，我们在老同事的婚礼上遇见，他只是摇着头说："哪儿都差不多，混呗！"我问他在哪里做事，他苦笑着说出一家大公司的名字。还没等我祝贺他，他更加苦涩地摇着头，对我倒苦水。他感觉企业总是防着他，他后悔当初跳来跳去，现在没有哪家企业相信他能长期干下去了。

七年，马达用流动不止的精神将之挥霍掉了。他总是不踏实地这山望向那山，对多一些的收入、高一些的职位有着无限期待。马达并不是个例，有不少像他这样的人，可以称他们为职场"液态族"。

从最初阶段流动得貌似精彩，到后期的流动乏力，直至最后的越流动越往下走，像马达这样的人往往收获的是企业谨慎使用和领导的不信任。当流动变成了单纯地追逐功利，就绝对不是好的职业人的择业态度。始终液态的人，是无法在职场上有长远发展的。

别太迷信"关系"的力量

文／鲁西西

多年前，初进小报做编辑。同事中有位大姐，每天上班搬出半尺厚的通讯录，开始拨电话："张总，好久不见，哈哈。""李社长，最近忙不忙啊？"我们出去开会，她总是招呼打得满场飞，似乎所有人都认识，所有的遇见都是久别重逢，真是厉害！

她用大量的时间照顾所有熟人的琐事，为自己攒人品和交情。

我曾与她合住一套宿舍。没饭吃，上我这吃。没衣服穿，也向我借。后来有一天她破天荒地说，我请你吃饭吧。我以为太阳从西边升起了，结果跟她到餐厅，发现一大桌陌生人坐在那里。

原来是她朋友的朋友请她的朋友，她朋友通知她，她顺水人情捎上我。

之后我离开那个城市，与她断了联系。前段时间在网上遇到同行，对方提起她。我问：你也是她的朋友？对方嗤之以鼻。

我才知道，她混了这么多年，即将奔四，仍租房住，仍没有嫁，仍锱铢必较地占便宜，仍一间公司换一间公司地打工。工作、生活都没有进步。她曾经结交过那么多朋友，铺过那么多条路，但谁也没能把她拉上阳光大道。

她并不是不努力，只是她太迷信人际关系的力量，若把时间花在其他方面或许早有建树。

网上有一条成功法则这样写：你的收入是 10 个身边常联系朋友的平均收入。我不知道这势利又武断的话出自何方，论坛微博上转得到处都是，可见很多人是相信的。于是大家越来越功利，削尖脑袋去结交比自己聪明、能干、有钱的朋友，以便帮助自己进步。

"近朱者赤，近墨者黑"有一定道理，但是不能本末倒置，更多时候不是你认识了有钱的朋友你才变有钱，认识了优秀的人你才变优秀。而是你有钱后，你才真正融入有钱人的群体，成为有钱人的朋友。你优秀了，那些优秀的人才自然而然地来结交你。友谊应源于个人魅力、人格、品德、才学的互相吸引而不是刻意地殷勤和巴结。

借用英国作家王尔德的话，照顾好你的奢侈品，你的必需品自己会照顾自己。他的意思是如果你能养得起奢侈品，你的必需品自然会有，根本无须操心。我想说，照顾好你的工作，你的朋友也会自己照顾自己。如果我们不竞选总统、不卖保险，那么对于朋友的功能我们无须奢求太多。

嫉妒有"礼"

文／马华兴

一个朋友曾经跟我倾诉，他最近很讨厌自己的上司，因为觉得上司的业务能力越来越低，而自己的能力越来越高，但上司还不给自己加薪，云云。

我说你这是典型的嫉妒，这让他有点难堪。不过我补充了一句："嫉妒是个好情绪。"

礼物一：定位

想象一下这幅场景：你有两个还不错的朋友，大明和小明，大明获得了麻省理工学院的信息科学博士学位，你会由衷地喜悦；而小明谈下了一个 500 万元的单子，你却郁郁寡欢。

原因不用想都知道，因为你也是一个做单的销售。更重要的是，此时你绝对不会嫉妒阿里巴巴的销售总监，也不会嫉妒业绩突飞猛进的销售新人。我们永远会嫉妒跟我们同一个领域、水平差不多的人。这也便是为何嫉妒总会出现在宿舍、校园、办公室中，因为这里边的人水平都差不多。

人都不知道自己几斤几两，有时候妄自尊大，有时候又妄自菲薄。

如果想找一个好的自我定位工具，非嫉妒莫属。

礼物二：澄清价值

《论语》中讲道："君子周而不比，小人比而不周。"嫉妒的根源无非是比较心。

当我们嫉妒别人时，我们在比较的东西到底是什么？

凭啥他这两年突然发财了？都在一个办公室，为何他提升上去了？我们比较的东西无非是钱、地位、名声……

我知道每个人生命中想要的都或多或少有不同。有的人真正想要的是方便人们的生活，有的人真正想要的是永远尝试新的东西，有的人真正想要的是把没意思的事做得有意思……现代社会，价值观开始多元化。但只要你嫉妒上身，那个成功的一元价值观就把我们内心丰富的价值系统给偷偷换掉了。

当你嫉妒的时候，不妨冷静地想想：我想要的到底是什么？

礼物三：平等竞争

当你自我灵修了一段时间，还是告诉我说："不好意思，我真正想要的就是名和利。我没招，还是得嫉妒，那怎么办？"

想当年，秦始皇巡游的时候，刘邦说："大丈夫当如是也。"已经有点醋意。而陈胜说："王侯将相，宁有种乎。"是明显的嫉妒。更绝的是项羽："彼可取而代之。"这简直就是恨到牙根的感觉。但是，司马迁生动刻画这些英雄时，背后在想的却是更普世的价值观：平等。如果这几位英雄不把秦始皇当成跟他们平等的人，而是如神一般的高等级"生物"，那即便饱受折磨，所带来的情绪不是愤懑，反而是感激和敬畏。这在生活中也常见到，当看到你那曾经的偶像慢慢变得平庸，反而激起你追求平等之感。美国实用主义法学创始人霍姆斯说："我一点也不敬重仅仅追求平等的热情，在我看来，它似乎只是将嫉妒理想化而已。"嫉妒是我们追求平等的动力。

追求平等无非两种策略：一是向上追求——我自己有上进心，通过自己的努力追上别人；二是向下追求——我想办法把别人给搞下来。实话说，第二种策略更加容易。因为第一种策略除了依赖自身努力，还得更多拜托上苍和命运；而第二种策略是背后下刀子，在是非环境下往往迅速奏效。因此，当我们内心不够自信，同时又毫无利他观念时，就自然而然地采取第二种策略。这才是嫉妒的恶之根源。

采用第二种策略，即因嫉妒害人的人，也许会比较容易收获平等，但这种平等的背后是社会规则和自己内心日日夜夜的鞭挞，这同时也给予了追求上进者更多的价值感：越是有挑战的过程，人生才会越有意义。

最后，我想说的是，我们之前总是认为利他本身是自我伤害，但最新的积极心理学却给了我们新的研究结论：利他所收获的幸福感甚至胜于巨大的财富、名声，而幸福公式的一个核心要素便是良好的人际关系。

他人既是地狱，他人也是天堂。

上进心没必要每人都有

文 /rubylulu

近年来，我对于大多数中国父母对孩子的强迫式教育有了较为强烈的不认同感。

大多数的父母都习惯于说：隔壁的妹妹学习进步了，你要赶快超过她；大伯的儿子考上了重点大学，你现在二本都还危险，自己看着办吧；你爸哥们的儿子进了烟草局，你找个民企，别人听都没听过，我们怎么和人家说……

大多数的儿女，都习惯于听从和屈服，舆论太可怕，我们真的无力反抗，所以所有人的人生都大相径庭，对其他人的评价标准，又重复一致。

我在国外的时候，看到了许多自由自在的生命，他们奋力工作，奋力去玩，做任何事都尽情尽兴。并不是要完全认可他们的价值观，可是它给了你一个角度去思考，是否真的要为自己的人生如此设限？

以前同办公室的津巴布韦女生，不喜欢自己的国家，只身来到伦敦生活，发现自己未婚夫不忠，迅速了结感情找了一个实习生男友开始新生活。

室友的朋友，一个接近 50 岁的阿姨，为女儿找到了一个食杂店收银员的工作而激动不已，拍手叫好。这些人的生活，你能理解吗？这些

人的快乐，你能明白吗？这些人的选择机会，你会给自己吗？

对每个交谈过的孩子，我都会说，去远一点的地方念书吧，尽量看看更大的世界。看得越多，也许就越知道该如何选择，如何前进。越多思考，也就越知道哪个部分的自己是无法改变的，你必须尊重自己是什么样的人，让这个自我，做最合适的事情。

小孩 A，是一个温和的小姑娘，她说话声音很可爱，大家很容易喜欢她。她会写文章，文字柔韧有力量。她没有很强的上进心，成绩不是很好，妈妈一直很焦虑。上了大学，妈妈又要她考研。在我心里，如果她多看书，坚持写作，以后去报社做个记者或者编辑，安安静静地生活就很好。上进心这种东西，没道理要求每个人都有。

小孩 B，是一个涂很多发胶的小男生，他总是斜着眼睛看人，对沟通很抵触。他以前是个小混混，刚转行念书，还处于很自我的阶段，爸爸也是要求他考名牌大学。在我心里，引导他去学点技术，以后做做销售，发挥一点小混混的潜质，也会有一片天地。

小孩 C，是一个安静的小女孩，弹得一手好钢琴，成绩很好。家长希望她更加开朗，为人热络一些。在我心里，她却会慢慢成长一个有诗书气质的小美女，即使不善言辞，并不妨碍她内心有一颗闪闪的太阳。善于交际，并不是必需的性格特质。

请尊重每一个个体对自己生活的选择。如人饮水，冷暖自知，内心的富足和快乐，绝非世俗的引导，而是自己的选择。

宁做真小人

文／（台湾）何飞鹏

　　年轻时，我不承认我是真小人，可是五十岁之后，我知道君子难成，在我们真正做成君子之前，真小人是君子的先修班，不要隐藏我们的喜好，不要粉饰我们的缺点，不要让别人有不正确的期待，这样反而容易与人相处。

　　我创业初期，自有资金不足，找了一些投资人共同参与。我永远记得有一位知名企业人士，当我找他投资时，他一口答应，还告诉我，他百分之百相信与支持我，要我放手去做，不要担心。

有这样的股东，我十分感激及庆幸。可是日后的演变，完全出乎我的意料。当我创业遇到困难时，要继续增资，他不但不愿增资，还指责我工作不力，怎么这么快就把股本赔光，还要求退股。

反而是一些投资时不太爽快的投资人，投资前反复质疑、询问，在投资后，当我遇到困难时，对我勉励有加，也愿意继续支持。在创业的过程中，我看到两种人：伪君子与真小人，而之后这两种人都跟着我一辈子，我还发觉社会中，大多数都是这两种人。

如果说表里如一、说到做到的是君子，而口是心非的人是小人，那大多数人都是努力做好人而最后做不到的伪君子。而真正愿意从一开始就不掩饰自己的丑陋与复杂的人，极为少见，这种人在我的定义中是真小人，真小人反而是我最喜欢的人。

大多数人期待自己是好人，也以各种正向价值自我期许，如仁慈、和蔼、宽容、大方等，在没事时，大多数人也能尽可能地遵守这些原则，而在处境艰难时，才会忍不住露出本性，最后君子做不成，就成了伪君子。

当我想清楚这种自我伪装的真相时，我就以真小人自居，我也开始喜爱与真小人往来，因为真小人不伪善，真小人直道而行，不至于会有令人意外之举。

与人合作，我会把我的期待、我的禁忌说清楚，把丑话讲清楚，以免别人有不正确的期待。我不伪装仁慈、不伪装慷慨，也不伪装好相处，我更不伪装自己是好人。我可以不说话，但我说出来的话，一定是我真心诚意相信的话，我做的承诺，我也一定全力以赴去完成。

我一辈子尝试努力做君子，在我做不成君子前，我只能做真小人。

加一，成就最好的服务

文／德老师

　　我经常教育学生：服务要做得好一点，再好一点，只有这样，你的服务才能落到实处。每次做得比上次好一点，直到自己认为无可改进为止。如果真的做到了这一点，即使周围环境再恶劣，你也会觉得神清气爽、信心十足。

　　那么如何做到这一点呢？在执行的过程中我们把它叫作"加一"。当全部工作都已经做好之后，你要停下来思考5分钟：如何"加一"？还有哪个地方可以做得更好？彻底打动客户，其实就是最后加的那一点点。

　　我的得意弟子之一玉米在服务客户时就运用了这个"加一"原则。玉米的一位学员听完课后回家乡发展，成为一家公司的总裁，已经有一年半的时间没和我们见面了。玉米想送他一份礼物，于是精心设计，把我们3个人的合照找出来，放大到8开的杂志那么大。

　　照片准备好后，玉米拿给我看，"德老师，我给×总准备的这份礼物您看怎么样？"我说："玉米，你还可以做得更好。"玉米说："老师，我想到了，用相框把照片镶起来，这样的话，×总就可以把照片挂到墙上。"我说："太棒了！"

　　3天后，玉米把相片镶在漂亮的相框里让我看。我说："玉米，你还可以做得更好一点吗？"玉米说："嗯，可以的，我觉得应该给他写

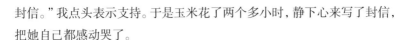

封信。"我点头表示支持。于是玉米花了两个多小时，静下心来写了封信，把她自己都感动哭了。

我说："玉米，还能更好一点点吗？"玉米又想了想，转身去拿了一个信封，把信装起来，和相框分别放置。我又问她："你还可以做得更好一点点吗？"

玉米又仔细想了一会儿，笑着说："德老师，我觉得我应该为他准备两颗钉子。他收到相框后要把它挂到墙上的时候，肯定需要钉子，再去找钉子肯定很麻烦，我要去五金店买两颗合适的钉子。"

我终于不再问了，玉米把这一切都准备好，通知快递公司的人过来取件。就在速递员要封上信封时，玉米突然说："等等，让我再想5分钟，我还要做得更好一点。"最后玉米在快件里又加了一张便条，告诉这位总裁："亲爱的 × 总，我为你准备了两颗钉子……"玉米在便条上说明了这两颗钉子的用途。

当这位总裁收到快件，看到镶在相框里的照片时，非常开心；又读了玉米的长信，更是十分感动；再看到那两颗钉子和便条上的说明，他终于哭了，从此和玉米成了莫逆之交。为了和玉米见上一面，他会把飞机票改签到第二天。虽然两人见面时话不多，但是感觉像是非常熟悉的朋友。

这就是在我们公司发生的著名的"钉子的故事"，它代表的理念就是"加一"。当你把一切都准备好了时，要再停下来思考5分钟——我还可以做得更好一点点吗？那一点点才是真正能打动人心、感动客户的秘诀。

服务有没有真正落地，也就在于这最后的一点点。

一碗牛肉面引发的管理学思考

文 / ydcy3838

我跟朋友在路边一个不起眼的小店里吃面，由于客人不多，我们就顺便和小老板聊了会儿。谈及如今的生意，老板感慨颇多，他曾经辉煌过，于兰州拉面最红的时候在闹市口开了家拉面馆，日进斗金啊！后来却不做了。朋友疑惑地问他为什么。

"现在的人贼呢！"老板说，"我当时雇了个会做拉面的师傅，但在工资上总也谈不拢。"

"开始的时候为了调动他的积极性，我们是按销售量分成的，一碗面给他5毛的提成，经过一段时间，他发现客人越多他的收入也越多，这样一来他就在每碗里放超量的牛肉来吸引回头客。一碗面才4块，本来就靠个薄利多销，他每碗多放几片牛肉我还赚哪门子钱啊！"

"后来看看这样不行，钱全被他赚去了！就换了种分配方式，给他每月发固定工资，工资给高点也无所谓，这样他不至于多加牛肉了吧？因为客多客少和他的收入没关系。"

"但你猜怎么着？"老板有点激动了，"他在每碗里都少放许多牛肉，把客人都赶走了！""这是为什么？"现在开始轮到我们激动了。"牛肉的分量少，顾客就不满意，回头客就少，生意肯定就清淡，他（大师傅）才不管你赚不赚钱呢，他拿固定的工钱巴不得你天天没客人才清闲呢！"

啊！结果一个很好的项目因为管理不善而黯然退出市场，尽管被管理者只有一个。

当我们把这个案例告诉其他朋友并讨论的时候，他们先是拍案叫绝，继而沉思，时而悲愤，时而慷慨陈词。这可是第一手的实战啊！

首先就是一个关于大师傅激励的问题。

可以设计一个激励机制，就是在定额约束下的销量或利润累积奖励。首先根据每碗面的顾客可接受效用制订一个材料定额，大师傅的工资还是按照销售量提成，但前提是月度的材料消耗不得偏离定额太多，例如允许波动幅度为20%，否则只有基本工资。

或者说每碗面规定需要添加的牛肉克数，一批牛肉的总量是固定的，拉面的卖出量是可以计算的，多少碗面放多少斤牛肉限定住了，哪个加牛肉的要敢给我多加或者少加，工资就对不起了。

其次，我想饭店也必须有工作程序、定额消耗以及制度规范。对这个小老板的拉面店来说，其实就是师傅以技术入股的方式和老板利润分配，大家都双赢。两个人合伙做，费用两个人摊，进行规范化管理。

此外，将复杂的事情简单化：老板娘放牛肉不就得了？关键的资源一定要掌握在关键的人手里！关键资源才是最重要的。老板掌握了店面的所有权，才可能有大师傅为他打工；老板娘掌握了牛肉的分发权，才有可能防止材料的浪费和滥用。不过，老板还应该再掌握大师傅这一核心的人力资源，怎么掌握还是一个难题……唉，人力资源……而且，作为小规模店铺，老板要熟悉每一个环节，才能做好管理。如果牛肉拉面老板很熟悉牛肉面的制作，师傅也不敢乱来。有效的经营监督就是这样。

另外，任何工作除了要有监督、控制，其余的事情都可以通过沟通来解决。我们认为本例中没有一种好的办法能一劳永逸地解决分配问题，在这种作坊式的小企业里，老板与员工每天有大量时间接触，关系是否和谐非常重要。唯有靠小老板良好的个人魅力并善待下属，才会让大师傅内心产生归属感及满足感，积极工作努力为老板创造利润，到那时候牛肉的多少就不成麻烦了。

通过以上的分析，我认为管理应该是这样的：

1. 底薪加提成，提高积极性；

2. 不能把全线流程的权力都下放给大师傅，比如加牛肉；

3. 建立有效的制度，包括奖赏和惩罚，制度根据顾客的满意程度和利润来建立；

4. 大师傅的工资提成不能只和销量挂钩，应该和老板的利润挂钩，比如一碗面中老板利润的 30% 是大师傅的利润；

5. 有效的沟通、激励，平时给大师傅精神的奖励，让大师傅认为自己也是面馆的主人。

古典主义职业观

文／考拉小巫

一份工作，大半辈子

公司组织聚餐会，我见到了吉姆大叔——公司的现任董事长兼CEO。

吉姆65岁了，大家之所以亲切地称呼他为"吉姆大叔"，是因为他的性格实在太平易近人，既没有老板高高在上的气焰，又没有长者倚老卖老的架子。他只是一个和蔼可亲的老头子，花白的头发加花白的胡须，长得像极了圣诞老人。

会上，吉姆正式宣布，在为公司效力了整整38年后，他终于要光荣地退休了。可能人们在结束之时都喜欢回忆往事，吉姆和大家聊起了他入职之初的故事。

那时候，公司还只是一家附属于当地教会的小孤儿院，全院只有9张床供无家可归的孩子住。刚到公司时，拥有心理学学士文凭的吉姆，每天的工作只是保证这9个孩子能准时开饭。即便如此，他依然尽心竭力地履行着自己的职责，并一直思考着如何在这极其枯燥的工作中找寻新的突破点。

　　为了让孤儿们的伙食更健康，吉姆主动跑到不同的餐馆去做宣传，慢慢地他拉到了更多愿意免费为孤儿院提供伙食的餐馆。有一次，一个企业家在就餐时无意中听说了这家孤儿院，立即决定捐一大笔钱。吉姆建议院长用部分捐款增加孤儿院的床位，并进一步改善伙食。院长看吉姆很有创意和热情，便将伙食这部分业务交给他去负责。

　　故事讲到这里，吉姆若有所思地说："在那之后，老院长给我的任务越来越多，分量越来越重……多年后，我甚至被升到管理层开始参与公司的决策……又过了很多年，老院长退休了，竟然让我接替他的位置。当初只是被找来喂饱孩子们肚子的我，又怎能想到还有这一天呢？"

　　之后的故事特别波澜不惊：在吉姆的努力下，公司从最初的小孤儿院演变成今天的大企业，而他自己则花了38年时间完成了从一线小员工到公司 CEO 的华丽变身。38 年，说来容易，但是对吉姆来说，却是近乎 1.4 万天无怨无悔的坚持。

　　故事讲完后，一个小员工崇拜地问他到底是如何坚持下来的。吉姆说："我本来也以为这会是一件很难的事，可是，当你快要忘掉自己做事的目的，而开始纯粹享受做事的过程时，你就快看到远处的亮光了。"

一证十年

　　阿柔是我本科时的同学，来自农村。从小在城市长大的我，起初和她并没有什么共同话题。后来有一次，阿柔对我说起了她的梦想，"将来毕业了，我想去上海闯荡，我想当一名口译员！"

　　我嘴巴张得很大，难以置信地问她："真的假的？你知道口译有多难吗？而且你……竟然想去上海？"其实，当时我想说的是：你知道上海的生活费有多高吗，打拼有多难吗，竞争有多激烈吗，实现梦想的代价有多大吗……可是，我并没有说出来，因为怕打击她的自信心和积极性。阿柔爽朗地笑着，目光坚定地说："我当然知道很难啦，但还是想

尝试一下。我现在就开始攒钱，攒3000块，毕业以后就去上海！"我心里为她发愁：一个农村女孩孤身一人去上海打拼，只带3000元，会不会坚持不到一个月就回来了？

大学剩下的几年，很少听到阿柔再提起去上海的事了。我猜想，她可能也只是随口说说罢了。毕业后我一直都在忙出国的事，很久都没有跟阿柔联系。有一天给她发信息询问近况，很快就收到了她的回复："现在在上海啦！"我怔住了……她，原来不是随口说说的。

后来阿柔跟我说，毕业以后，她做过英语老师，给外企和出版社做过翻译，始终朝着"口译员"的目标前行着。她说她要把这个梦想当成国家的"五年计划"一样不懈地经营下去。这时候我才发现，虽然名字里有个"柔"字，阿柔却从不是个柔弱的女子。相反，纵使背景平凡，起点较低，她却一直在用毅力和耐性兑现着自己的承诺。

那之后，我们经常联系，时不时收到阿柔的信息："下个月就要考口译证书了，真是紧张死了！""唉，没有考过，半年以后再战！""真是不好意思跟你说，这次又没考过，不过我会再尝试一次的！""又失败了，你说我是天生笨吗？可是我太想做口译员了，如果放弃的话我可能以后会后悔，只能再努力一次了。"

最近，听说阿柔已经获得高级口译证书，在上海的一家外贸金融公司做口译员了。大学许下的愿望，终于在她不停的尝试和近乎傻气的坚持中，得到了完美的实现。从开始攒3000块到现在的高级口译员，阿柔整整花了十年时间。

慢慢做，做到底

吉姆和阿柔有着完全不同的个人经历，可两人的故事都代表着一种古老的职业观，那就是一件事做到底，一份工作做到头。

在现代职场，我们似乎很害怕自己"阅历不足"，这导致年轻的我们恨不得在 30 岁到来之前就行遍世界各地、干遍各行各业。于是，我们换了一个又一个工作，仿佛通过频繁跳槽，一定能找到一个任务较轻、升职较快、薪水较高的"金饭碗"。即便找不到这样的完美职业，有"丰富的职场经历"仿佛也是一件能够慰藉自己的事。可是，然后呢？我们想做的事越来越多，能做的事越来越少。到头来，发现自己仍像初入职场时那般懵懂无措。人生的每个阶段都有每个阶段独有的使命，坚持将它好好完成，然后再踏实地迈向下一个阶段。重复一些烦琐的小事是每个人必将经历的一个过程。只有将简单的事做持久，才有可能去驾驭更宏大的"未来"。

你是否找到了理想中的工作

文 / 花の雪

你现在正在做的，是你一生所渴求的理想工作吗？如果你有如下的8条体会，就说明这正是值得你奉献整个职业生涯的一份工作。

1. 工作时，不感到是在工作。这份工作对你来说不是单纯的一项任务，而是一种生活方式。对你来说，工作、娱乐、生活没有什么差别，你所做的事，无不让你度过了充实而有意义的每一天。

2. 这份工作能充分体现你的核心价值。理想的工作是你的信念与世界观的延伸。按照自己的性格与特长去做事，才能体现你的核心价值。

3. 你愿意忍受。激情（Passion）这个词来自于拉丁语中的"Pati"，它的意思是"忍受"。除了激情，还要有忍受艰难困苦的耐力。

4. 自然的意识流动。你会常常体验到自然的意识流动——看一下时间，是下午1点，距离你上一次看时间已过去了5个小时；或者，当你抬头一看发现时钟显示为上午10点，你就会自觉地意识到，我要去工作、我要去创造。

5. 给生活留出空间。虽然你的工作很繁忙，但你依然能留出时间去锻炼身体、陪伴亲友。

6. 承担义务是一种荣耀。当你找到了梦想中的工作，你会毫不犹豫地承担起你的职责，就像是呼吸那样自然。

7. 你的亲朋好友会注意到你。"你看上去实在是太棒了！""毫无疑问，这就是你命中注定要去做的事！"当你把握了正确的人生方向时，你会听到越来越多的人向你传达类似的信息。

8. 进入梦乡时，对明天充满了期望。每晚入睡时，你总感到这一天过得很充实，而且迫不及待地希望明天快点到来。

不做全 A 生

文／（台湾）郭瑞祥

"老师，您可以帮我写推荐信吗？这是我过去七个学期的成绩单。"最近一位大四女同学来看我，希望我能为她撰写申请研究所的推荐信。

看了她的成绩，我吓一跳，从大一到大四的过去七个学期，她每学期都是奖学金得主！在卧虎藏龙、会念书的学生比比皆是的台大校园，这并不容易，可见她多么用功！

但我一开口，却是泼了她一头冷水，"同学，你能不能不要继续拿第一名？""为什么？追求好成绩有什么不对吗？要申请国外的好学校念硕士、博士，难道不应该有好成绩吗？"面对她不解的神情，我请她在研究室坐下来，"让我花一点时间，说个故事给你听。"

曾经，有一个高中念建中、大学读台大、在别人眼中考起试来一帆风顺的台湾年轻人，在长期不懈努力下，终于如愿以偿来到美国麻省理工学院，攻读硕士与博士。当时，在他心中，"成功"的人生像是一条有轨迹可循的直线，从麻省理工以漂亮成绩毕业，等于拿到"成功"的第一个入门砖。

于是他一心向学，果然，念硕士的两年与博士第一年，每一个科目都拿下漂亮的 A ！

在麻省理工，A 就是最高的分数了，科科都拿 A，真是不容易的好成绩。

他内心不免小小骄傲，颇以自己为荣，也一直以为，自己的指导教授，一定也为他高兴，毕竟置身于一群天才学生中，他的好成绩堪称"第一名"呢。

全 A 成绩，终于碰到大铁板了。有一门陌生却又必修的重要课程，他上了几个月后，内心有数，成绩大概不会太理想，虽然及格绝对没问题，但 A 恐怕拿不到了。这个"好学生"干脆壮士断腕，期末考前，毅然退选这门课，避免成绩单出现 B 的"恐怖"危机。

很多美国同学不理解，老师更觉得奇怪，学分费交了，也认真上了几个月，为什么要退选？来年，他再度挑战这门必修课，一路稳扎稳打，加倍用心，但期末成绩出炉后，他，竟拿到了第一个不是 A 的成绩！之前的退选，无异于一场时间与金钱的徒劳无功。

沮丧的他，有点难为情地去见了美国指导教授，甚至，带着歉意去的。然而，指导教授却十分开心地恭喜他！恭喜他没拿到 A！教授语重心长地说："我真是太替你开心了！你从今日起，再也不必为拿 A、拿高分而念书，你总算可以放胆去做更重要、更有价值的事情了！"

那，什么才是更重要更有价值的事？教授笑着回答："去犯错与创新吧！借着课本教你的基础，然后去有计划地犯错、尝试创新。这才是有价值的！"

台湾小子，如当头棒喝般醒悟：什么才是追求知识的本质？站在前人的肩膀上，不断寻求突破，继续为下一代累积新知，以创新造福人类社会，才是知识的本质。好吃的蛋糕是本质，而好成绩，只是装饰的美丽奶油花朵罢了。

我，就是那上面故事里的主角、曾经认错方向的台湾小子。

当我被指导教授点出求学观念上的根本错误后，其实是非常受用的。

在此之前，我把所有的精神力气、大概有九成，都放在完成作业、求取高分，而只拿一分的余力，用以做研究。

但后来，我大幅度更改比例，变成了两成力气做功课，八成心思做新研究。

研究的过程，其实是一个无底洞，回报会比较慢，不像考试成绩马上就出来，但这才是真正的学习过程，而且虽然回报慢，收获却是扎扎实实、属于自己的，不是考完试就一半还给老师的表面好成绩。可以说：那个锥心刺骨的 B，释放了我长久以来读书是为了追求漂亮成绩的功利迷思，转向真正的学习本质。

观念一改变，学业反而突飞猛进。大多数人要念 6 年方能结束的博士班，我 4 年就毕业了。

回到台湾教书后，这些年来，我对当时的心情又有了一层新的体悟。当年我对科科 A 的追求，除了从小相信认真念书就是为了追求好成绩的迷思，背后，更深的原因是"怕输"。

怕输、怕没面子的心理框架，一直到现在，仍然能在很多个体甚至很多企业发展上看到，它形成一种保守的文化，妨碍创新的尝试。

生活，不分专业

文／特立独行的猫

我收到很多信，大部分从悲摧地选错了专业开始，洋洋洒洒数万字，中心思想是想问，究竟要不要放弃大学时的专业去追求自己喜欢的事情。

其实我们都陷入了一个"专业"的怪圈，每个人都过于专注和重视自己那些所谓的"专业"，似乎除了与之相关的事，其他都是浪费时间。比如小时候我们很多人有学习综合征，只要一天不学习，心里就内疚得不行。进入社会以后，这种状况更加明显了。读书，一定要读与本职工作相关的，最不济也是人人都在读的经管、暴富、速成之类的书。聚会，大多是圈里人聚会，圈里就那么几个人，天天聚，彼此做的事也大同小异。于是每个人都越走越窄，最后发现如果跳槽，就那么几个公司可以选择了……

除了自己的本职工作，除了自己所学的专业，你还知道别的吗？旅行，找不到靠谱的机票代理商；郊游，搞不清路线是什么；看病，分不清流程。这是生活，它不分专业。广泛地涉猎生活中各种不同的事情，才会让我们的生活充满自由。

我们都有这样的经验，在学校时学习很好的同学，大多进入社会后会变得平庸。相反，那些学业上差一些的同学，在进入社会后却如鱼得水。仔细想一想，当年后进的同学，多半早早学会了学校以外的"生活课"，当生活的大幕一拉开，这些同学便立刻跃上舞台翻腾起来；而那些只会学习的同学，一旦离开学校，便会出现对生活的各种不适应。

张 CEO 从初中与我同学，直到大学才分开，那时候我的成绩远好于他，现在他有一家自己的公司，主营业务居全国领先地位，每天飞来飞去到处招商引资。张 CEO 从小学习一般般，我估计是他大部分时间用于跟我的另一位同学杨 CEO 出去玩、逛街、打球去了，生活技能也与时俱进培养起来，于是今天生活事业都很不错。

而如我一样教育背景好，工作背景好的很多人，每天捏着几张票子打个小车，吃个小餐馆，就觉得生活美好得不行了，因此便失去了很多向外延伸的动力。然后你会感到，自己整个人都陷入了一个小圈子，每天就那么几个人互相扯淡吃饭玩乐。最高境界也不过是刷着围脖看到某地不错心生向往，其实也就只剩下向往了。

我们应该多尝试一些专业以外的事情，多读一些专业以外的书，交一些专业以外的朋友，听很多专业以外的故事，观察不同地区不同人是如何生活的，用他们的角度去体验一种不同于自己的经历。别把专业当生活，因为生活不分专业。

我们是否一定需要目标和榜样

文／[美] 多丽丝·奈斯比特

大部分人一生中都会有目标。有目标当然是好事，这使我们始终保持航向。可除此之外，你还得意识到点别的。

当你设定了某个目标时，要注意留给它一个发展的空间，因为年轻的你可能会不断改变想法。你的环境也在不停变化，那些在今天看来很不错的专业可能以后就不那么吃香了。因此设定目标时，最好不要随大溜，而是选你最渴望做的事。

我们经常因为受到那些成功人士故事的启发而设定目标，在各个领域，我们都不难找到自己心中的榜样。但即使那些成功人士的故事告诉了我们很多，我们依然不能也不该复制别人的道路。

著名体育用品公司耐克公司的创始人菲尔·奈特，最初的生意是以汽车后备箱为柜台来出售跑鞋，小开始却得到了大收获。这看上去不难复制，但如果你不具备菲尔·奈特之所以能成为菲尔·奈特的那些要素——对体育的巨大热情，以及用装备全力支持运动员的奉献精神，你就很难成功。

若干年以前，我访问了耐克的华盛顿总部。当我和奈特及其核心管理团队共进午餐时，我意识到，他们的心是在为运动而跳。他们所有的谈话都围绕着奔跑与运动。这就是他们的动力：对运动的热爱与激情。

可并非每个人都如此。

再让我们看看另一模式。鲁本·马特斯和妻子罗丝的创业方式与菲尔·奈特有几分相似。从波兰移民美国后，他们先在一辆马车上出售自家制造的冰激凌，大部分是卖给学生的。鲁本负责开发不同口味，妻子负责销售。与那些使用非天然配料制作简单冰激凌的竞争对手不同，他们使用的是奶油和天然香料。为了与众不同，鲁本给他的冰激凌起了个欧洲名字——哈根达斯。20 年后，哈根达斯的销量达到 7000 万美元，今天，它成为一个全球性品牌。

这些成功故事带给我们的，其实不在于他们做了什么，而在于他们为什么这么做。"为什么"才是关键词，而答案来自你自己。

所以在设定目标前，先问问自己：为什么我要做这个？也许你现在并不喜欢自己所在的学校，但这并不影响你"为什么"学习。

我们各不相同，有着各自的潜力。我们仰视的这些榜样的一个共同特点是，他们都最大地发挥了自己的潜能。不管他们做什么，他们都知道自己为什么做，他们的目标与他们的信念相连，菲尔·奈特们正是如此。

所以，有一个清楚明白的"为什么做"，才是你迈向成功的真正动力，它会像对你的榜样们起作用那样，也对你起作用。

演唱生涯

文／毕飞宇

是哪根筋搭错了呢？1990年，我26岁的那一年，突然迷上唱歌了。

那年，我对我的写作似乎失去了信心，可我太年轻，总得做点什么。就在那样的迷惘里，我所供职的学校突然搞了一次文艺会演。会演行将结束的时候，我的同事，女高音王学敏老师上台了。她演唱的是《美丽的西班牙女郎》。她一开腔就把我吓坏了，这哪里还是我熟悉的那个王学敏呢？礼堂因为她的嗓音无缘无故地恢宏了，她无孔不入，到处都是她。作为一个没有见过世面的乡下人，我意外地发现人的嗓音居然可以这样，拥有如此不可思议的马力，想都不敢想。我想我蠢蠢欲动了。大约过了一个星期，我悄悄来到了南京艺术学院，我想再考一次大学，我想让我的青春重来一遍。说明情况之后，南艺的老师告诉我，你已经本科毕业了，不能再考了。我又来到了南京师范大学，得到的回答几乎一样。

可我并没有死心。终于有那么一天，我推开了王学敏老师的琴房。所谓琴房，其实就是一间四五平方米的小房子，贴墙放着一架钢琴。王学敏老师很吃惊，她没有料到一个教中文的青年教师会出现在她的琴房里，我也没有绕弯子，直接说出了我的心思，我想做她的学生。

我至今还记得王学敏老师的表情，那可是1990年，唱歌毫无"用处"，离"电视选秀"还有漫长的 15 年呢。她问我"为什么"，"有没有基础"？

我没有"为什么"。如果一定要问为什么，我只能说，在 20 岁之前，许多人都会经历 4 个梦：一是绘画的梦，你想画；一是歌唱的梦，你想唱；一是文学的梦，你想写；一是哲学的梦，你要想。这些梦会出现在不同的年龄段里，每一个段落都很折磨人。我在童年时代特别梦想画画，因为实在没有条件，这个梦只能自生自灭；到了少年时代，我又渴望起音乐来了，可一个乡下孩子能向谁学呢？又到哪里学呢？

我在音乐方面的"基础"是露天电影留给我的，大约在八九岁之后，我在看电影的时候多了一个习惯，关注电影的配乐。我不识谱，但是我有很强的背谱能力。电影的主题音乐大多是循环往复的，一场电影看下来，差不多也就能记住了。

我母亲任教的那所小学有一把二胡，看完了电影之后，我就把二胡从墙上取下来，依照我的记忆，一个音、一个音地摸。摸上几天，也能"顺"下来。

王学敏老师还是收下我了。她打开她的钢琴，用她的指尖戳了戳中央 C，是 1，让我唱。说出来真是丢人，每一次我都走调。王学敏老师对我的耳朵极度失望，她的眼神和表情都很伤我的自尊，可我就是不走，我想我的脸皮实在是厚到家了。王老师没有把我轰出去，也无非是碍于"同事的情面"。

对初学者来说，声乐最重要的一件事是"打开"，一旦"打开"，不仅音色变得圆润，音量还可以变得嘹亮。

这实在不是一件容易的事。王老师不厌其烦，一遍又一遍地给我示范，我就是做不到。王老师也有按捺不住的时候，发脾气，她会像训斥一个笨拙的学生那样拉下脸来。是的，我早就错过学习声乐的最佳时机了，除了耐心，我毫无办法。

每天起床之后，依照老师的要求，我都要做一道功课，把脖子仰起来，唱"泡泡音"——这是放松喉头的有效方法。除了唱"泡泡音"，放松喉头最有效的方法是睡眠。行话是这么说的："歌唱家都是睡出来的。"可是，因为写作，我每天都在熬夜，睡眠其实是得不到保证的。王老师不允许我这样，我大大咧咧地说："没有哇，我睡得挺好的。"王学敏把她的两只巴掌丢在琴键上，"咚"的就是一下，然后厉声说："再熬夜你就别学！"后来我知道了，谎言毫无意义，一开口老师就知道了，我的气息在那儿呢。我说，我会尽可能调整好。但我能放弃我的写作吗？不能。因为睡眠，写作和歌唱成了我的左右手，天天在掰手腕。

如果有人问我，你所做过的最为枯燥的一件事情是什么？我的回答无疑是练声。"练声"，听上去多么的优雅，可文艺了，很有"范儿"，还浪漫呢。可说白了，它就是一简单的体力活。

小半年就这样过去了，我还是没有能够"打开"。我该死的声音怎么就打不开呢？终于有那么一天，在一刹那里头，我想我有些走神，我的喉头正处在什么位置上呢？王老师突然大喊了一声："对了对了，对了对了！"

哪有不急躁的初学者呢？不会走就想跑。我给王老师提出了一个要求，想向她学唱"曲子"，王老师一口回绝了。根据我的特殊情况，王老师说："前两年还是要打基础。"我一听"前两年"这几个字按捺不住了，那要等到什么时候呢？夜深人静的时候，我一个人来到了足球场。它是幽静的，漆黑、空旷，在等着我。我知道的，虽然空无一人，但它已然成了我的现场。我不夸张，就在这样一个漆黑而又空旷的舞台上，每个星期我都要开三四场演唱会。学生宿舍和教工宿舍离足球场不远，我想我的歌声是可以传递过去的，因为他们的声音也可以传递过来。传递来的声音是这样的："哎呀，别唱了！"

别唱？这怎么可能，我做不到。唱歌是一件很特别的事情，一首曲子你就可以上瘾，你停不下来。我的心想唱，我的身体也想唱。不唱不行的。

可我毕竟又不是唱歌，那是断断续续的，每一个句子都要分成好几个段落练习，还重复，一重复就是几遍、十几遍。不远处的宿舍一定被我折磨惨了——谁也受不了一个疯子在深夜的骚扰。他们只是不知道，那个疯子就是我。

事实上，我错了。他们知道，每个人都知道。我问他们，你们是怎么知道的？一个年纪偏大的女生告诉我，这有什么呀，大白天走路的时候你也会突然撂出一嗓子，谁不知道？就你自己不知道，很吓人的，毕老师。

回过头来看，我真的有些疯魔。我一个当老师的，大白天和同学们一起走路，好好地，突然就来了一嗓子，无论如何这也不是一个恰当的行为。可我当时是不自觉的，说情不自禁也不为过。

一年半之后，我离开了南京特殊教育师范学校，去了《南京日报》。我的生活彻底改变了，我的演唱生涯到此结束。我去看望我的王老师，王老师有些失望。她自己也知道，她不可能把我培养成毕学敏，但是，王老师说："可惜，都上路了。"

前些日子，一个学生给我打来电话，我正在看一档选秀节目，附带着就说起了我年轻时候的事。学生问："如果你是这个时代的年轻人，你会不会去参加？"我说我会。学生很吃惊，想不到他的"毕老师"也会这样"无聊"。这怎么就无聊呢？这一点也不无聊。事情往往就是这样，不经历"难以自拔"的人永远也不能理解，有些人来到这个世界就是为了发出声音的。我喜爱那些参加选秀的年轻人，他们的偏执让我相信，生活有理由继续。我从不怀疑一部分人的功利心，可我更没有怀疑过爱。年轻的生命自有它动人的情态，沉溺，旁若无人，一点也不绝望，却更像在绝望里孤独地挣扎。

做不成居里夫人做自己

文/张 莹

黑暗的破旧棚屋里，一盏极小的玻璃容器中闪烁着一点儿略带蓝色的荧光，那是1分克纯镭所发出的射线。一位妇人热切地注视着黑暗中的那点儿蓝色，仿佛那是世界上最美的景象。

我想，那或许是居里夫人作为科学家的一生当中最浪漫的一幕。也正是这一幕，让我看到了科学的美丽。

十多年前，第一次翻开《居里夫人传》时，我并没有想到这个跟我有着巨大时间和空间距离的女性会差点儿改变我的人生轨迹。

居里夫人自小就很优秀。最吸引我的是，"物理"这个对大多数人而言抽象而艰深的名词，对她却是一个充满乐趣的神奇世界。在巴黎求学时，她非常容易地就弄懂了那些枯燥的物理名词和原理，并运用自如。

而且她并不是一头扎进物理化学当中不谙世事地学究，她爱好广泛。她喜欢文学和写作，且极具语言天赋。

她真是一个传奇，让我膜拜。

那年，我上初二，在许多同学为开始学习物理、化学这两个崭新学科忐忑不安的时候，我却踌躇满志，甚至有些迫不及待。因为，我马上就要走进居里夫人的神奇世界了。

或许是这种积极的心态使然，我很轻松地就学好了物理和化学。尤其是前者，对我而言，并没有传说中的"门槛"，我大踏步地迈进了物理的世界。

居里夫人曾将那些精密的物理仪器视作世界上最有趣的"玩具"。而对于刚刚入门的我来说，那些初级的物理仪器和现象，已经足够令我沉迷了。

那些复杂的电路图仿佛是隐藏着玄机的地图，我可以根据它们顺利地把电流表、电压表、电阻、灯泡连接起来；动、定滑轮和杠杆像哆啦A梦的神奇工具，能节省那么多力……

有段时间，我甚至觉得自己可以成为另一个居里夫人。

这种心态一直持续到高中。忽然间，物理对我来说变得吃力起来，每一堂物理课，老师在上面讲得头头是道，可我拿出习题册却无从下手。

这种失落让我一下从"成为居里夫人"美梦的云端，以 $9.8m/s^2$ 的重力加速度跌落到现实的地面上。

最终高考志愿，我填写的是一个自己一直比较擅长却和物理无关的专业。

我的大学是一所文科院校，刚入学时，我以为自己会怅然若失，会在心底深切地缅怀那个今生无法实现的梦想。可事实上，我快乐而又从容地度过了四年，原因似乎很简单：我再也不用费尽心力地讨好物理了。

终于相信韩愈"术业有专攻"这句话，也庆幸自己没有偏执地跟物理死磕下去。

不过，我还是想感谢居里夫人，她虽然没有成功地将我带入科学家的世界，但确实教会我很多东西。比如如何看待光荣与奖励，如何面对挫折与磨难。最辉煌的时候，她将诺贝尔奖牌随手交给女儿当玩具；最痛苦的时候——丈夫皮埃尔·居里因车祸身亡之后，她依然如期去学校给学生上课，完成自己教师的职责。

当我取得了一点儿成绩沾沾自喜，或是遇到挫折感到沮丧时，我都会不自觉地想起她，想起她对生活的倔强。

大学毕业后，我去香港继续读书。有一门课叫《电台节目制作》，因为老师是香港电台前台长，所以一度选课的人数爆棚，但老师严格的要求和繁重的功课让很多人打了退堂鼓。第二堂课，我成了依然坐在教室里的少数人之一。

我知道自己的声音条件不够好，但即使做不了主播，过过主播的瘾也是不错的。经过一个学期的努力，我们每个人都顺利完成了之前想都不敢想的两次 30 分钟时长的现场直播和个人独立制作的 20 分钟时长的广播节目。

时至今日，我做了与最初设想完全不同的工作。没能成为居里夫人的挫败经历教我懂得了，有些风景，虽然无法置身其中，但远远地欣赏也不失为一种乐趣。

世界如此美好，做不成居里夫人，至少可以做自己。

每个人都有自己的机会前传

文／郭韶明

谁也没想到，毕业于北京二外、英语过了 8 级的表妹会选择做空姐。去年的这个时候，她跑来问我，你说，去工行做柜员和到世界各地飞来飞去，我该选哪个？

这俩选项确实有点远。我只能说，看你想要什么样的生活。没错，工行意味着稳定，随着资历的增长你会有更大的升职空间。空姐不一样，在职业的前半程，你可以拿着比同龄人高的薪水吃喝玩乐，可是到了职业的后半程还得重新想出路。

可是，这姑娘铁了心要去看世界。几个月后，她如愿以偿，法兰克福、墨尔本、东京、首尔、斯德哥尔摩……她说，语言的优势很快让她在小组里脱颖而出，迅速拿到飞国际航线的机会。

看着她在德国的小火车上感叹老龄化问题，在墨尔本的黄金海岸踩沙子，我想起这姑娘一年来的委屈与成长。

第一次来吐槽，是顾客把面包砸到她的身上。航空公司的面包是硬了点，她一直在解释，可最终还是成了顾客的出气筒。我问，那你当时是怎么做的？她说：我捡起面包进了工作间，进去之后，眼泪就哗哗地下来了。我感叹，这姑娘好有职业精神。

第二次一起吃饭，她说，大家对她的评价是"不像90后"。嗯？看来你很靠谱。她乐，关键是大家都太把自己当公主了。举个例子。有一次飞行途中，飞机上的卫生间出了问题。空姐们都捂着鼻子摊着手，这可怎么办呀？其实谁都知道该怎么办，但就是没人肯出头。表妹看着洗手间门口的人越来越多，拨开众人走了进去。问题自然是解决了，她的雅号也来了，女爷们儿。

同龄人可以说出很多她被器重的理由，而我想说的是，每个人都有自己的机会前传，你最后拿到的那个机会，并不是空投下来砸到你身上的，也不会仅仅因为学历与资历就落在你的身上，关键是，如果你在非考试状态下拿到好成绩，那么在机会到来的时候，你就可以直接免试入场了。

总是被拿出来念叨的前传还有不少。某某某对自己真够狠的。刚到单位，就跟着小组做项目，本来是个无名小卒，项目结束已经成了头号种子。你说一小姑娘，啥杂事都干，晚上直接睡沙发上，这样的拼劲儿，哪儿不抢着要？

还有那谁谁谁，实习的时候把一破事儿干得特精彩。本来可以随便应付，他生生做得让所有人记住了。事情的结果很简单——这个本来不是他的机会，关键时刻给他加了分。

聪明人会说，我的精力是有限的，得有的放矢，做些对实现目标有意义的事。可是，你真的认为那些在职场中摸爬滚打的，他们在做每一件事的时候，都知道自己能收获什么吗？

要我说，他们种下的只是一种"可能性"。在每一件事上，他们都用高水准要求自己，当高水准成为一种惯性，那些应付的、刚及格的，或者没有拿到高分的，在自己这儿首先就过不去。他们可能都没有意识到，是在什么时候种下了这些"可能性"，只是，种得多了，收获的概率也就大了。

很多人会说，我只做能看到结果的事。于是，离结果最近的那些事，跟前堵了一拨人，虎视眈眈。在可能出彩的每一刻，他们却宁愿让自己闲着。这大概就是很多人的机会前传没有写好的原因吧。

最后说说我的同学。她在大学里做的那些事，神经大条的我们最初都不太理解。比如，周五晚上女生们忙着吃饭逛街谈恋爱，她却忙着泡英语角。学校里承办一些国际讲座，我们都是后排观众，她永远坐在第一排。终于有一天，我们发现了自己和她的不同——她坐到了台上，我们还在台下。

以后的每一场国际讲座，非外语专业的她都是当仁不让的翻译。值得一提的是，在做翻译的过程中，她认识了很多国外高校的教授，对方对她青眼有加。于是刚一毕业，她就出国了。

这个前传写得过于精彩且不露痕迹，以至于多年后我们还在讨论，她是太积极太向上呢，还是内心一直有把尺子。不过无论如何，这都是一本能拿高分的机会前传。

熬苹果酱的女孩

文／华明玥

　　和所有学戏剧的中国同学不同，来自英国肯特郡的高个子姑娘凯特，快毕业时找到的一份工作，是在一间西点屋里熬果酱。那间西点屋的主人是个在北京生活了近20年的英国老头，做了多年面包，十指关节像操劳过度的老妇一样变了形。当他听到凯特抱怨说，北京找不到上好的涂面包的现熬果酱时，老人摊开大手给她看，"我们所有的美梦和荣耀都来自这双手。姑娘，你为什么不尝试自己熬果酱呢？"

　　凯特大吃一惊，她来中国，是因为对古老的戏剧文学感兴趣，她的业余时间，全花在骑车走胡同、听票友们拉胡琴唱戏上。

　　英国老头笑了，拿出一整篮红黄橙绿的新鲜水果给她看，"北京有北京的美味，山里红、海棠果、花红小苹果、水晶梨，野柿子，这些果子，都是大自然的心跳。你怎么能说，离了英国，就接不上地气？"

　　没错，从盛夏到深秋，做果酱是怎样一种"美得冒泡"的小日子啊，切开380粒樱桃，去核，才能熬得一瓶樱桃酱，而替30个花红小苹果削皮去核，就够熬一瓶苹果酱了，这种早熟的苹果熟透后的质地是如此绵柔香甜，就像婴儿睡熟后绽放的甜笑，让你心生感恩和柔软。自从开始熬果酱，凯特背一只大布袋，转遍了方圆20公里内的有机超市和周末市集，买应季的水果，与果农们讨论下一次该熬什么果酱，以及中国人还习惯将哪些水果放在一起熬。

当然熬果酱是很苦的，熬杏酱的时候，凯特的双手都被杏汁所染，腌得发疼，好像戴了一副黄手套；熬山楂酱时为了去核，凯特的手指都被划得伤痕累累……但还有什么日子，比熬成果酱的那个彻夜未眠的早晨更让人欣喜呢，果酱带着朝阳的颜色，稠稠酽酽，庄严地流淌进一个个宽口小瓶里，仿佛带着无尽的爱意与思念，它们最终被软木塞严严实实塞起来，凯特再给它披上"红盖头"——一小块红色花布蒙紧瓶盖，接着用手工麻绳扎紧。果酱将就此出发，去慰藉当地人的心，特别是远离故园的留学生们，他们也可因此尝到"妈妈的味道"吧。

大半中国同学都不理解凯特的选择，凯特越洋留学，难道不是为了将来回国，好成为英国某个东方研究院的专家学者吗？熬果酱？多么浪费人才啊。

23岁的凯特是这样解释的：并不是每个龙套都渴望最终成为头牌，比方她，念了这么多年的书，猛回头，才明白她并不想做舞台聚光灯下那个唱念做打之人，她想做的，是偏于一隅，悠然地操着胡琴的人——很明显，任何一个舞台也少不了琴师，他也是一台戏的灵魂之一，那些紧紧张张奔走在聚光灯下的人，怎能懂得一个人仅凭一把弓，就能操纵人生之节奏的得意呢？她要的，无非是这份"最靠近入世入戏的门槛，却无须亮相"的自得。

白天的西装，夜晚的吉他

文 / meiya

偶尔上微博的我忽然收到了一个网友发来的私信：

亲爱的 meiya，我是大一在校生，我不太喜欢甚至厌恶现在的专业和学校，我一直梦想去做健身教练。我想退学去做这个工作，家里人都反对，但是我想去试试，去看看究竟我的梦想是什么样子。可是每天活在家里人的阻挠和自己想出去的欲望中间好难受，想问一下我该怎么办？

我说："我肯定支持你去追求自己的梦想，但是你可以用曲线的方式去实现这个梦想，不一定非要退学去做啊，可以先一边上学，一边尝试着去做健身教练。也不是你想当健身教练就能当的，你可以先自己去健健身，从做一个健身客户开始。你也可以先在健身中心打工，当个教练助教或者接待员。只要你愿意努力，还是有办法将上学和追逐梦想一起兼顾的。不要动不动就退学去追梦，太极端了，也太不成熟了。"

我最后说了这样一段话：很多时候，我们特别渴望去做一件事，甚至把它放大成此生的梦想去追求，仅仅因为我们还从未做过这件事，从未实现过这个梦想。

两天前，我给当时坐在进藏火车车厢里的好友 F 君打电话，问他感觉如何，是不是很激动。他之前一直梦想去西藏旅行，今年终于实现了。

他说："说真的，很平静，没有以前那么激动。现在眼看要到了，却没有以前那么想去的冲动了。"

有的时候，我们热爱梦想仅仅是因为还未实现。

你想做健身教练也许仅仅是因为你现在还不是健身教练，你真的去试过就知道自己到底有没有那么喜欢这份职业了。而且人生的横向发展是有许多种可能的，只要你愿意努力，你可以做到白天做学生，晚上当健身教练。

我见过那种白天穿着西装在证券公司上班，晚上在酒吧穿着黑皮衣弹吉他的人。他这两份工作都喜欢，也都做得不错，不愿意放弃任何一样，其实也不需要放弃。梁家辉既是一位著名的演员，也是一个每天在报纸副刊上写专栏的作家。只要肯沉下心来发展自己，一个人的事业不仅仅只有一个。

奋斗也是有惯性的

文／林特特

大学毕业后，我有过一段短暂的教师经历。

那是一家私立中学，朝七晚七，中午休息一小时。也仅有这一小时，学校的大门是敞开的，学生和老师能出去"放放风"。

我总沿着学校东边的街道一直走，走到略繁华的地区，在一家名为"扬州人"的饭馆前停下脚步。

"扬州人"以经营鸭血粉丝为主，兼卖各种小吃，我的菜单是固定的，"一份鸭血粉丝，不要鸭肝，两个鸭油烧饼"。

那段时间，我的心情总是不好。似乎在离开校园的一刹那，我才意识到学生时代的可贵。虽说工作也在校园，但此校园非彼校园，我想回去读书，想重新拥有一张安静的书桌。

但这是奢望。

学校管理很严，工作任务又重，我几乎没有时间看书；而且，我本科毕业的学校名不见经传，报考一流大学的研究生，没有任何把握。

于是每天，我都在自我斗争：肯定自己、否定自己，希望、绝望——伴随着自我斗争是争分夺秒：在上班路上看专业书，在课与课的夹缝中做一篇英语阅读理解；办公室人声鼎沸，我却心静如水，脑海中只有一个声音：我要飞出去，飞出去。

所以，我格外珍惜每天的鸭血粉丝时间。

这一刻，我远离人群，有瞬间的放空。

等待服务员上菜的时间段，我总要发一阵呆，后来形成习惯——每天问自己一遍：你想要什么，如何得到想要的，现在应该怎么做？

鸭血粉丝来了。

我在滚热的汤汁中，放几滴醋，再拌上些辣椒酱，然后用筷子夹成块的鸭血，缠绕着绵长的粉丝，一齐送入口中。那强烈的味觉刺激我至今难忘，更难忘的是，临近考试的某天，长期睡眠不足，精神逐渐崩溃。我放下筷子，对自己说：再熬一段时间，你就能过上你想要的生活，届时，你会怀念在小吃店里吃一碗鸭血粉丝，回去发奋时的情景。

一去近十年。

一日，我和设计师小齐商量一本新书的封面。

小齐是业内知名人物，过去的几年里，他横扫各大图书节的装帧设计奖项。

这天，小齐一反常态，没那么耐心。当我还在犹豫封面的宣传语时，他敲字道，主意拿好没？我还要赶去看许巍的演唱会。

呵，小齐的MSN头像是朵蓝莲花，再看他的签名，"我在北京听摇滚"。

小齐的本行不是设计，许多年前，他在长沙的一所中专学校学环境工程，毕业后分配到当地环保局工作，"每天我接听电话、写材料、打打杂，当时我才十几岁，我问自己，这辈子难道就这么着了？"

他拾起画笔——曾经的爱好，又拜师学艺，后来干脆辞去公职，加盟一家室内设计公司。越做越觉得专业知识的贫乏，他在附近的高考复读班报名，他比同学们都大，几乎每个人都问过他："你这是第几次高考？"

"那时，压力很大，却很快乐，因为每天接近目标多一点。骑着自行车回家，我最喜欢下坡那段，风呼呼地在耳边吹着，心跟着飞扬起来。"

一天，小齐在电视里听见《蓝莲花》，许巍一开口，他就被镇住了。那一刻，他的目标有了艺术化的象征，"我要考到北京、做设计，终有一天，我要在北京听摇滚、听许巍"。

之后的事儿大家就都能猜得到了——

无论是求学，还是之后的求职，只要许巍的歌声响起，小齐就如同打了强心针。时至今日，"每次听到许巍，我就仿佛被提醒，你得到了想要的生活，那么珍惜吧，继续努力吧。"

小齐下线了，他去听摇滚了。

不知为何，我想起若干年前"扬州人"饭馆里那碗鸭血粉丝。

人总要兜兜转转才能找到真实、正确的人生目标吧。

为实现那些目标，我们常需要自我激励，我们用一些象征物做心理暗示，暗示自己一定能挺过去，一定能到达彼岸；等真的挺过去，站在彼岸，这暗示的影响力仍在，鸭血粉丝也好，北京、摇滚也罢，我们曾在它们身上汲取力量，再一次遇见时，不禁向过去的奋斗和梦想致敬，而奋斗也是有惯性的。

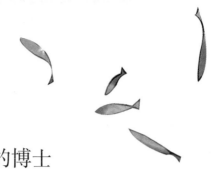

问傻问题的博士

文 / 严文华

在心理学专业上，我是个半路出家的人。和那些根正苗红的人相比，我错过了本科，错过了硕士，只来得及赶上读博士。别人常常问我，我也常常问自己："不转专业，我会在做什么？"我大概会成为一个不好也不坏的研究者，认真地工作着，但看不到另外一个世界的精彩，无法有那么多的自我成长和自我松绑，无法体验到帮助他人的成就感，无法用文字去表达自己。如果真的是这样，那会多遗憾哪！每念及此，我都感觉万分幸福和幸运：我正在做的事情就是自己热爱的事情。

因为热爱，曾经做过很多的傻事。当年报考博士时把专业换到心理学，周围人觉得我傻。读博士后，有些行为也很傻。作为少读七年的跨专业考生，按学校规定我必须补够三门硕士生的课。我补的远远不止这些，我甚至去补本科生的课。开学时我把所有的课表都收集起来，只要有兴趣有时间，我就流窜到各个班上去听课。我如饥似渴地吸收着一切我能接触到的知识，什么对我都是新的。坐在本科生的教室里，我津津有味地听课，不时地举手发问。

很多年后，一个当年一同听课的本科生和我相遇，她说："你知道你当年多么另类吗？你的学历比我们高很多，年龄比我们大很多，但你的问题却那么幼稚，我们都已经了解的常识你都不知道。""是吗？我一点儿都没有察觉自己另类，那你们班上的人为什么没有嘲笑我呢？"我问。

"因为有时你会问傻问题，有时也会问精彩问题。我们一直学心理学，不会想到这样的角度。说实在的，我们也特佩服你的勇气，不是所有的人都敢表现自己的无知。"原来，我只顾专注在学习的乐趣中，并没有察觉周围的场合有这样微妙的变化。

用这样的方式和速度，我学习着心理学，越学习我越喜爱。我比任何人都珍惜自己的学习机遇。任何一堂课、任何一次讲座、任何一次讨论，都可以营养我。我还是会有很多薄弱之处，但我不掩饰它们，也不放过补足的机会。

我和学友们一起去听讲座，我听得特别带劲，常常会很兴奋，于是想："把它写下来介绍给更多人不是也挺好吗？"要把它写出来，我必须了解更多，于是在现场我就成了提问最多的人。学友们也很纳闷："怎么同样听一场讲座，你回来，唰唰地就写出一篇东西，而我们就写不出来？你写的有些点，我们听的时候并没有抓住呢？"而我知道：一旦进入作者的角色，我就会听得更专注，听得更深入，后来有些发表的文字就是讲座的记录。

有时也会想：如果我一开始就学心理学，可能就没有这样强烈的热爱。因为转过专业，经历过挫折，是自己坚定的决定，反而更多几分热爱。

热爱，是一个多么神奇的词，它把那些平常的东西变得神圣，把平凡的过程变得津津有味，让拥有热爱的人成为世界上最幸福的人。

内心没有方向，去哪儿都是"逃离"

文/古　典

每天早上，我的手机都会准时推送一条信息："今天北京的空气质量指数为187，属于不健康，请减少户外活动，关闭门窗。"15分钟后我打开门，做了一个类似跳入游泳池前的决绝表情，一头扎入这个漫天雾霾的城市中去。有同样感受的人不止我一个，已经有好多人说正准备或者已经离开了北京。

逃离北上广已成为流行词多年——有几年，人们先是嚷着要离开，然后是越来越多的人在郊区买房买地，接着先驱者开始晒自己在丽江、大理、威海的定居照片。这段时间，又有先烈们受不了小城市的平淡，默默地回来——我们到底该逃往何处？

其实，你永远无法"逃离"些什么，直到你开始追寻些什么。

所以，你无法逃离北上广，除非有一天，你愿意走出去或走回来，为了寻找自己更喜欢的生活。离开一线城市我们有很多去处——二线城市、老家，有钱人可以去国外……但是，如果你不知道你在寻找什么，世界之大，你又怎能找到自己喜欢的地方？你最需要知道的，是不同的城市各自有什么好处。

一线城市最大的好处，在于这里有无限的可能。越大的城市，有着越多的职业和文化的选择。大城市有各种有趣的职业、项目、职位、公司和企业：芳香治疗师、游戏设计、几个亿的项目、在网上可以订送的烧饼、专门给人买衣服的买手。大城市有歌剧、音乐会、极客，有专门为了讨论有没有外星人而存在的咖啡厅……大城市的最大魅力就是林子大了，你能见到各种鸟。

二三线城市的可能性锐减，职业种类和文化都单一起来，但是其纯度却大大提高。小城自有小城的风范——所以在你选择小城之前，一定要找到它的文化核心所在，并确认你真的喜欢。烟台、珠海海滨的宁静，长沙、武汉的生活气氛，成都的安逸，西安的厚重，昆明的宜人……

一线城市的房价贵、消费高，是不争的事实。但是你该明白，大城市也为相当一部分人提供了与之相匹配的收入水平，或者至少是可能性。这有点残酷——你觉得高，只是因为你不是获利的人。大城市是个大的PK赛场，赛场附近堵车、人挤、高压力又乌烟瘴气，却也有巨额赏金——你是决定再试一把，还是换个游戏玩？这纯粹是你的个人心气问题。

同样道理，小城市没有高压力的淘金游戏，有合理的物价，相对轻松的房价，和相对从容的工作。小城市面临的不是消费压力，而是收入的压力。你拿着只有以前一半的工资，以一半的效率工作着，虽然够用，总觉得亏。在这样的低节奏下生活几年，你也许永远回不去了。

最后是资源——大城市几乎集中了最好的教育、艺术、医疗，还有政治和金融资源；而小城市也有特殊的资源：和父母亲生活在一起，在家乡生活的归属感，以及来自家庭的各种人脉。

只有明白了各自的好处，才能在不同地方真正过得好。在我看来，活得最坏坷的，是那些坐着拥挤的公交在雾霾中穿行，然后开始一个不喜欢的工作，晚上再坐两小时的车才能回家，却从来不参与任何一个冒险、聚会、沙龙、展览的人。他们在承受城市最糟糕的一面，却完全享受不到城市的美好——机会、新鲜、多元。

从生涯来看，人生是一个打开再合拢的过程——你需要在年轻的时候看到足够多的可能，才有可能在而立之年从容地选择自己想要的生活。好的生涯轨迹一般是 20 ~ 35 岁前以职业发展为核心，在大城市尝试各种可能。到了 35 岁前后，形成稳定的对生活的定见，然后作职业、家庭、自我的平衡选择。你只有一日看尽长安花，才敢在某一天平平淡淡才是真。

对于内心没有方向的人，去哪里都是逃离，而对于生命有方向的人，走到哪里都是追寻。所以苏轼被发配到那时的四线城市惠州，才会写下"试问岭南应不好？却道：此心安处是吾乡"。

10 种埋没才能的生活方式

文 /Neo

你可知道，人一辈子也没发挥出他们大脑潜能的 0.1%。事实如此，人类的潜能确实是无限的。不幸的是，许多人无法发挥所有的潜能，还把发挥的潜能放在一些浪费时间精力的事上。以下是 10 种让你高能低用的生活习惯。

1. 总是旧事重提，而不着眼当下

有些人总是活在过去的时光里，他们为时过境迁而悲伤，为曾经的辉煌而伤神，为未竟的事业而悔恨。但是，过去已然过去，不会再有任何改变。

你想要什么样的未来？你想做些什么来得到理想的生活？你从过去得到了什么教训可以助你一路前行？探索并实践这样的问题，会帮助你向前并得到美好的生活。

2. 为琐事发愁

如果你是一个完美主义者，你会发觉自己经常在处理一些小细节。比如说，在我的文章里，我会花费一个小时或者更多的时间去寻找最匹配的照片，这些照片会准确地表达出文章的旨意。可是寻找照片花费的时间却阻止了我做更大价值的工作，比如写一本新书。根据 80/20 原则，80% 的结果得益于 20% 的时间。为了得到最后的 20% 结果以达到完美的 100%，我们必须要耗费 80% 这么多的努力！

着眼大局可以帮助你看清什么更重要，并根据重要性重新分配你的精力。

3. 被小事所影响

有些时候我们会被一个伤人的言论影响，或者被一个小挫折阻碍。一种检验这件事是否值得去想的办法是问自己：一年后我还会在意这个事情吗？三年后呢？五年后呢？甚至十年后和三十年后呢？如果答案是否定的话，那它就并不值得你浪费精力。

4. 将你的苦境归咎于别人

你有多大可能实现梦想，取决于你承担了人生中的多少责任。当你责怪别的人，你就在否认承担责任。当你为自己的生命承担起 100% 的责任，你就在着手实现自己的人生梦想了。

5. 总是抱怨不停

抱怨一两次去发泄情绪当然无可厚非，但如果总是抱怨，会让你成为一个负极磁场。你用来抱怨的每一秒钟，都本应用于创造更好的生活。如果你可以为了改善生活而采取措施，便向你的梦想跨进了一步。

6. 事必躬亲

你是一个什么事情都要自己去做做看的人吗？学会委派，外包业务或者把一些不重要的事移出你的计划，扩展自我到更重要的事中，你会发现你的成果会有很大变化。

7. 设立小目标

许多人喜欢设立小的目标，因为他们害怕失败。实际上，你是有能力去做每件你想做到的事的，不要再设立小小的目标，把眼光放得更远大一些吧。

8. 把不开心封锁起来

封锁情绪就好像在设置一个炸弹，它们迟早都会爆炸的。处理情绪最好的方法，就是无论开心或者不开心，都要把它们公开，不要把你的问题隐藏起来。

9. 觉得你无法做到

世界上没有什么比我们的信念更加强大有力，这些信念就是我们来聚焦这个世界的镜头。如果我们觉得自己不具备这个能力，那大脑就会找到证据来证明这个想法。如果我们觉得自己有能力达到它，那同样的，我们的大脑也会自动地锁定一些证据来支持这个想法。

10. 拖延你的目标

拖延是埋葬你潜能的最好方法。你想让你的目标永远不要被实现吗？那就尽情拖延吧。事实上，从来都没有一个拖延者是快乐的。确定自己的兴趣所在，然后努力去做吧，只要在做你热爱的事，就永远不会有问题。

接纳自己，是对自己最大的仁慈

文／高　伟

每个人都是对自己最好的人，这是个毫无争议的定理。

我过去总是想用飞黄腾达的方式对自己示好。我想让自己优秀得出乎意料，巨有钱、巨有才、巨有地位，以便让别人对我刮目相看。看电影的时候，银幕上的李连杰身手太不凡了，一个营的人和他过招他也不怕，把所有的对手打得屁滚尿流。我就想，我若是有这样的能耐就好了，我就谁也不怕啦。

可是，我发现自己的毛病太多啦，缺乏的能耐太多啦。我想流下比别人多些的汗水弥补我的欠缺，可是，我发现这还是杯水车薪，我根本比不过太多的人，在一些领域，我简直就是最弱小的那一等人。

我过去的生活状态完全可以拿开快车作比喻。每一次我开车，需要在短时间内抵达目的地，我开车的过程就会万分焦虑，红灯来了我就要烦死，恨不得越过前面的车子。我想多快好省，想像国际飞车比赛中的快车手那样拥有绝技，然后获得别人的肯定。

真实的情况是：我的车技太平常，我从来不是个飞车手，我甚至连个有经验的司机都不是。

那一年，印尼发生海啸，李连杰恰巧在那儿，差点被海水吞噬。李连杰能躲开死神，完全不是靠着他的绝技，而是他的运气。全中国最身怀绝技的李连杰在大自然面前也是个虫子，海水袭来他也只能拼命跑。是的，生活是和大自然一样的庞然大物，小小的人类哪有什么超然的绝技？

我开始试着接纳自己。比如，我貌美不过邻家女子，我就接纳自己的不美；比如我才智达不到周围的女作家，我就做个她的粉丝。我甚至在诸多方面比不过送水的、配钥匙的，比如他们的耐力与承担力、他们的细致，我就允许自己示弱。我在物质生活中连个普通的女人都不能比，她们能做很多好吃的、好玩的，可我除了写字什么也不会。我木讷于和别人的交往，要忍受更多的寂寞，我就安稳于自己选择的这种寂寞……我要允许我是有痛苦有弱点的人类这么一个事实。

我技不如人，我就允许自己技不如人；如果因为某件事情生气了，我就允许自己生气。别人对我冷漠，这太正常了，我不也冷漠着太多的人嘛。就是我丢钱了，我也试着让自己快快安下心来，无常原本就是最大的正常嘛。

一旦我接纳了自己，我发现那些生着的气一下子就没了，就像气球被扎破了一个孔，里面的空气开始消散，它就瘪下来了。

我还经常发现我有向外的欲望在扩张，我也允许它们的存在，我知道现在的我还处在与这样欲望的共存之中。

是的，接纳自己，是所有仁慈当中，对自己最宽厚最温暖的仁慈。

欧阳自远：核爆、陨石和"嫦娥"

文/吴　铭

虽然他以"嫦娥之父"之名为人们所熟知，但这位地质专业毕业生，找过矿、学过核物理、参与过地下核试验……探月计划只是他传奇生涯中最为辉煌的一页。

中国探月工程原首席科学家欧阳自远的故事，反映了中国尖端科学研究的漫长演进之路。

喜欢太空的地质专业学生

问：作为一名地质大学的毕业生，你最早对太空、月球发生关注是什么时候？

欧阳自远：我1952年高中毕业，那时国家提出向苏联学习，建设社会主义工业化国家，希望广大年轻人学地质，去寻找祖国的宝藏。

其实当时我也不知道学地质干什么，我考上了北京地质学院矿产地质勘探专业。毕业时，学校分配我做苏联专家拉蒂斯的研究生，学习地球化学。半年后苏联专家因事回国，刚好国家第一次全国统一招考副博士研究生，我报考了并被录取到中国科学院地质研究所，从事长江中下游铜矿和铁矿的分布与成因研究。1957年，苏联发射了第一颗人造地球卫星，对我的震撼非常大。

我总在想，我们搞地质的天天在山沟里爬来爬去，也就几个山沟，但是卫星却能解决全地球的观测问题，地形地貌、地质构造、成矿环境等，一目了然。假如我们搞地质的也能借用卫星，找矿就容易多了。

那个时候我思考了很长时间，这期间，我始终关注着卫星探测。1958年美国、苏联开始探测月球，1961年，他们开始探测火星与金星，发表了一些有关月球、火星与金星的新知识。我当时都在找材料看，学习、了解。1958年至1960年间我开始了陨石的收集与系统研究。

那时，我总希望未来有一天，中国也有能力发射卫星，探测月球和行星。

地下核试验

问：你曾经参与我国地下核爆的选址和地质综合效应研究，是怎样的过程？

欧阳自远：1960年，中国科学院地质研究所所长侯德封把我要去，做他的助手研究核子地质学，为此，我还到中国科技大学核物理系进修一年。

后来，国防科工委领导找到侯德封，说要找一个人做地下原子弹爆炸。对人选提出两个要求：要懂地质，还要懂核物理。侯德封说我符合条件。就这样，1964年我29岁的时候，开始了这项绝密的工作。

我在一个图书馆找到了一些美国地下核试验的资料，按照国防科工委的要求，到新疆已经划定的区域寻找适合地下原子弹爆炸的地方。

选好地下核试验场以后，1964年10月，张爱萍将军在专机上亲自听取了我的汇报，并视察了地下核试验场选址。他提出要求：第一，不能把山炸开；第二，原子弹不能从巷道里冲出来；第三，要搞清楚地下核爆炸的图像、过程和各种地质效应；第四，不能有核泄漏，尤其是不能污染地下水和周围的河流。

第一次地下核试验是在 1969 年 9 月 23 日零点 15 分，我们的各项预报都得到了验证，取得了圆满成功。再后来，国际上逐步禁止大气核试验、地下核试验，我就开展比原子弹和氢弹爆炸的冲击波还要强大几千与几万倍的小天体撞击地球，诱发地球气候环境灾变与生物灭绝事件的研究。

卡特送来黄豆大的月岩

问：在结束地下核试验至探月计划之间这段时间，你的主要工作是什么？

欧阳自远：我还是希望能够更多了解月球、了解火星，但是当时又没有技术、条件，在这种背景下，我们怎么开展工作是一个值得考虑的问题。原子弹爆炸最大的杀伤力是冲击波，其实跟小行星撞击地球最大杀伤力的冲击波性质相同。例如通古斯大爆炸，6500 万年前以恐龙为代表的生物灭绝事件，所以我就去做这个领域的研究，渐渐接近月球与行星。

1978 年，美国总统卡特派安全顾问访问中国，送给中国一块月亮上的石头。

后来这块石头交到我的手上。石头原来放在有机玻璃中，看起来有大拇指大，把有机玻璃砸开后一看，只有黄豆大，才一克重。

我用 0.5 克，全部解剖分析，是不是月亮的石头。最后我们发表了14 篇文章，证明是"阿波罗 17"采回来的样品。

我是从 1958 年开始研究陨石的。当时全国大炼钢铁，广西南丹修了很多小高炉，把山上的铁矿石堆在炉子里面熔掉变成铁水，奇怪的是那些铁矿石怎么烧都不熔化。当地老乡很奇怪，就送了一块给中科院地质研究所鉴定，看看到底是什么。我们切开做里面的结构、成分分析，原来是一种八面体铁陨石，是在小天体的核部极缓慢冷却的特种合金钢。

从 1958 年、1960 年开始，我陆陆续续研究这些天上掉下来的石头。1976 年 3 月 8 日陨石雨降落在吉林市郊，不少人认为是导弹袭击，后来证明是全世界规模最大的陨石雨。

中国的陨石学与天体化学研究的领域逐步拓展与深入。中国在南极收集到 11423 块陨石，包括火星陨石、月球岩石等各类陨石，很多高等院校和研究院设有专业研究队伍。中国的陨石学与天体化学研究，得到国际学术界的称赞。

"嫦娥"立项前前后后

问：月球探测工程又是如何立项的？

欧阳自远：1992 年载人航天立项。我当时很高兴，我觉得机会可能到来了！

1993 年，我们向国家建议，写了申请报告。当时中国空间科学学会得到了一个软课题，叫"中国开展月球探测的必要性与可行性研究"，论证中国该不该搞探月、有没有必要搞探月。两年后交卷，总经费只有 5 万元。两年以后组织评审，评委们一致认为分析论证科学合理，中国非常有必要开展月球探测而且有能力搞好。

随后，中科院高技术局用创新研究经费支持研究"中国月球探测的发展战略与长远规划"，我们又搞了两三年。

2002 年，国防科工委组织全国各领域专家，以孙家栋为组长、我为副组长，向国务院写一个报告。第二年国防科工委决定启动中国月球探测。从 1993 年到 2003 年，十年的艰难论证，推动了中国月球探测工程的有效进展。

2004 年 1 月 24 日，温家宝总理亲自批准，中国开始启动首次月球探测——绕月探测。反对的声音也有，例如："地球上的事都干不完，瞎折腾搞月亮干什么？"等等。

　　关于"嫦娥一号"的全部费用，经嫦娥工程领导小组严格核实，最后定下来上报 14 亿人民币，相当于北京市修建 2 公里地铁的经费。

　　月球探测只是深空探测的起步，深空探测是指探测器在不以地球为主要引力场的位置进行的探测。关于深空探测我们也做了四五年研究，将开展火星、金星、小行星、木星、太阳和太阳系空间的探测，都有具体的探测方案和探测计划。

起来，中国！

文／余秋雨

1937 年 7 月 10 日，萧伯纳的寓所。

再过两个多星期，就是萧伯纳 81 岁的生日。这些天，预先来祝贺的人很多，他有点烦。

早在 22 年前获诺贝尔奖的时候，他已经在抱怨，奖来晚了。他觉得自己奋斗最艰难的时候常常找不到帮助，等到自己不想再奋斗，奖却来了。

"我已经挣扎到了对岸，你们才抛过来救生圈。"他说。

可见，那时的他，已觉得"对岸"已到，人生的终点已近。

但是谁想得到呢，从那时开始，又过了 22 年，他还在庆祝生日，没有一点儿要离开世界的样子。他喜欢嘲笑自己，觉得自己偷占生命余额的时间太长，长得连自己都不好意思了。

更可嘲笑的是，恰恰是他"偷占生命余额"的漫长阶段，最受人尊重。

今天的他，似乎德高望重，社会的每个角落都以打扰他为荣。他尽量推托，但有一些请求却难以拒绝，例如捐款。

他并不吝啬，早已把当时诺贝尔文学奖的奖金 8 万英镑全数捐给了瑞典的贫困作家。但他太不喜欢有人在捐款的事情上夹带一点儿道德要挟，对此，他想有所表态。

正好有一个妇女协会来信，要他为一项活动捐款，数字很具体。萧伯纳立即回信，说自己对这项活动一无所知，也不感兴趣，因此不捐。

他回信后暗想，随便她们怎么骂吧。没想到过几天收到了她们的感谢信，说她们把他的回信拍卖了，所得款项大大超过了她们当初提出的要求。

"还是被她们卷进去了。"他耸了耸肩。

对于直接找上门来的各种人员，仆人都理所当然地阻拦了，因此，住宅里才有一份安静。

但是，刚才他却听到，电铃响过，有人进门。很快仆人来报："那个您同意接见的中国人黄先生，来了。"

前来拜访的这个黄先生就是黄佐临（1906 年 –1994 年，影响中国话剧的艺术大师，中国话剧的杰出导演，在话剧界素有"北有焦菊隐、南有黄佐临"之称——编者注），1925 年到英国留学，先读商科，很快就师从萧伯纳学戏剧，创作了《东西》和《中国茶》，深受萧伯纳赞赏。黄佐临曾经返回中国，两年前又与夫人一起赴英，在剑桥大学皇家学院研究莎士比亚，并在伦敦戏剧学馆学导演，今年应该三十出头了吧？这次他急着要见面，对萧伯纳来说有点突然，但他很快猜出原因了。

据他的经验，这位学生不会特地赶那么多路来预祝他的生日，原因应该与大事有关：《泰晤士报》已有报道，三天前，7 月 7 日，日本正式引发了侵华战争。

萧伯纳想，中国、日本打起来了，祖国成了战场，回不去了，黄先生可能会向自己提出要求，介绍一个能在英国长期居留的工作。当然，是戏剧工作。

萧伯纳边想边走进客厅。他看到，这位年轻的中国人，正在细看客厅壁炉上镌刻着的一段话，他自己的语录。

黄佐临听到脚步声后立即回过头来，向老师萧伯纳问好。

落座后，萧伯纳立即打开话匣子："7月7日发生的事，我知道了。"

"所以，我来与您告别。"黄佐临说。

"告别？去哪儿？"萧伯纳很吃惊。

"回国。"黄佐临说。

"回国？"萧伯纳更吃惊了，顿了顿，他说，"那儿已经是战场，仗会越打越大。你不是将军，也不是士兵，回去干什么？"

黄佐临一时无法用英语解释清楚中国文化里的一个沉重概念："赴国难"。他只是说："我们中国人遇到这样的事情，多数会回去。我不是将军，但也算是士兵。"

萧伯纳看着黄佐临，好一会儿没说话。

"那我能帮助你什么？"萧伯纳问，"昨天我已对中国发生的事发表过谈话。四年前我去过那里，认识宋庆龄、林语堂，他们的英语都不错。还见了一个小个子的作家，叫鲁迅。"

黄佐临点了点头，说："我这次回去，可能回不来了。您能不能像上次那样，再给我题写几句话？"

"上次？"萧伯纳显然忘记了。

"上次您写的是：易卜生不是易卜生派，他是易卜生；我不是萧伯纳派，我是萧伯纳；如果黄先生想有所成就，千万不要做谁的门徒，必须独创一格。"黄佐临背诵了几句。

"想起来了！"萧伯纳哈哈大笑，"这是我的话。"

说话间，黄佐临已经打开一本新买的签名册，放到了萧伯纳面前，说："再给我留一个终生纪念吧。"

萧伯纳拿起笔，抬头想了想，便低头写了起来，黄佐临走到了他的后面。

于是，萧伯纳写出的第一句话是——起来，中国！东方世界的未来是你们的。

写罢，他侧过头去看了看黄佐临。黄佐临感动地深深点头。在"七七事变"后的第三天，这句话，能让一切中国人感动。

萧伯纳又写了下去——

如果你有毅力和勇气，那么，使未来的盛典更壮观的，将是中国戏剧。

黄佐临向萧伯纳鞠了一躬，把签名册收起，然后就离开了。

"一塌糊涂"季羡林

文／卞毓方

读季羡林留德日记，愕然于"一塌糊涂"使用之频，例如"地上满是雪水，一塌糊涂"，"天气仍然热得一塌糊涂"，他学了一学期，说"难得一塌糊涂"，"昨晚刚下过雨，凳子都湿得一塌糊涂"，"早晨天阴得很厉害，屋里黑得一塌糊涂"。

乍读，一个、两个、三个，尚不在意，四、五、六相继入目，不免皱起眉头，七、八、九接踵而至，眼里就喷出火来了，恨不能拿笔通通删去。读罢全部长达十年的日记，掩卷回想，"一塌糊涂"简直和他的生活纠结缠绕成一团，你中有我，我中有你。

——倔得一塌糊涂。1935年9月，季羡林留德，期限为两年（后因战事，滞留未归），若想拿博士学位，时间明显不够。有没有变通的法子呢？有的，就是拿中国题目做文章。季羡林的清华校友、与他同期赴德的乔冠华本科读的是哲学，到了德国，博士论文做的是《庄子哲学的阐释》。中国人谈庄子，自然比德国教授牛，结果，仅用一年半就顺利通过论文答辩。季羡林本科读的是西洋文学，长于德文、英文，如果想在两年内完成读博流程，首选应该是中国文学，其次则是德国文学或英国文学。季羡林最终敲定的却是梵文。

梵文是印度的古典语言，也是佛教的经典语言，季羡林独钟它"在古代有过光荣"，而"这光荣将永远不会消灭"。然而，光荣是一回事，难度又是另一回事，接触了才晓得，季羡林写道："梵文真是鬼造的！""文法变化固极复杂，最要命的是例外，每条规则都有例外，例外之内还有例外，把人弄得如入五里雾中。""头有点发昏，心里像一团火在烧，恨不能把书撕成粉碎。"

恨解决不了问题，换作别个，就会当机立断，改弦易辙。季羡林是一根筋，尽管为梵文所苦，折磨得头昏脑涨，精疲力竭，但一觉睡醒，马上又抖擞精神，迎难而上。更有甚者，他不仅咬定梵文，还追加巴利文、阿拉伯文（后改俄文）、塞尔维亚·克罗地亚文。明知两年之内绝对拿不下，仍旧硬着头皮往前冲，一副山东汉子的倔脾气。

——傻得一塌糊涂。知识就是力量，没错，然而拿知识跟健康相比，哪个力量更大？当然是健康。身体垮了，知识再多也是白搭。季羡林是书呆子，从来不知爱惜身体，举个例子，为了省钱买书，整天啃干面包，喝清水，不是一天、两天，一月、两月，十年中的大部分日子，都是如此敷衍肠胃。不久，他患上失眠，彻夜辗转反侧，无法入睡，最厉害的时候，四天四夜没合眼；免疫力低下，稍冷就伤风；颜面枯槁，骨瘦如柴。周围的人劝他去医院检查，查也查不出什么大毛病，无非是神经衰弱，加上饥饿和疲劳。医生建议他去疗养，季羡林的对策，你猜是什么呢？他在日记里写道："除了工作外，还能做什么呢？工作就有失眠。我反正也拼上了，你失你的眠，我偏工作。"

——爱得一塌糊涂。爱过世的母亲，这是季羡林永远的心痛。当年，母亲在世时，他8年没有回家，以后，天人永隔，他后悔不迭。"我一想到母亲，就止不住要哭。"他借日记倾诉，"夜里梦到母亲，每次都是哭着醒来"，"自己站在窗前，忽然想到母亲，眼泪忍不住流出来"，"昨夜梦到母亲……终于哭出声来"。

爱远在天边的叔父。季羡林能到济南念书，到北平上清华，到德国留学，多亏叔父在背后支撑。有一天的日记说："吃过晚饭，又想到家，想到叔父，不由得跪下，默祷母亲保佑我得以如愿回家奉事叔父过一个快乐的晚年。"又一天的日记说："看到叔父的来信，说到家里的窘状，心里说不出怎样好，叔父在家里苦撑四年，想起来便觉得有点对不住他老人家。"

爱美丽的女子。这一点，季羡林并未遮掩，我们也用不着回避，且看他的记录："最近每天早晨到研究所去的时候，总遇到一个女孩子，最初只注意到她身段婀娜，今天在转角遇上，几乎碰了一个满怀，她用眼一看我，我才注意到她这秋水似的眼睛，我的灵魂让她这秋波一转转到不知什么地方去了。""吃过早点，到梵文研究所去，今天又遇彼美，她穿了一身白衣服，远望过去，简直像散花天女，走到跟前，我真有点不敢看她。""七点下课。出来回家的路上，又遇到每天早晨遇到的美人，她似乎愈来愈美，我的灵魂简直让她给带走了。"

此外还有少女伊姆加德。季羡林写博士论文期间，常常请她帮助打字，接触多了，擦出火花，伊姆加德爱季羡林，季羡林也爱伊姆加德。1945 年 9 月，季羡林决定回国，伊姆加德极力挽留。当月 24 日的日记透露："她今天晚上特别活泼可爱，我真有点舍不得离开她。但又有什么办法？像我这样一个人，不配爱她这样一个美丽的女孩子。"数月后，当他身在瑞士，犹念念不舍："自从离开德国，没有一天不想到伊姆加德。现在才知道，我爱她已经爱到无以复加了。"明明已经分手，马上就要踏上归途，1946 年元旦的日记又写道："第二个想到的是伊姆加德，这宛宛婴婴温柔美丽又活泼的女孩子。我仿佛又看到她把微笑堆在口角上，没有一个大画家能画出这种神情意态，不只是美，简直有点神秘……但我离开已经快三个月，而且恐怕愈离愈远了。我也虔祷上苍，希望我们还可以会面，而且永远不再分离。"

一个演员的独白

文／于是之

不记得从哪一天开始，我便被称为"老演员"了。"老"，字书或者宽宏地解释为"尊称"，或者冷酷地说它是"谓物之陈旧者"。

我承认我是老了。虽不一定即刻成为"陈旧"，但离"陈旧"怕是不很远了。

我要坦率地说出自己并不愿意说的话：我，至少是我自己，是不会再创造出什么新的成绩来了。

是不是由于我受到了什么挫折，以至于精神颓唐，才说出这样没出息的话来？否。我是对自己做了清醒的、科学的估计的。

我没有受过任何专业的基本训练，声音、形体的可塑性都是极有限的。

生活的库存，我十分狭窄。市民，我稍微懂得的多些。学者、干部以至农民，我似有所知，但已经少得很可怜了。

对本民族的戏剧传统，我只是杂乱地读过一些剧本和有关这方面的书，并无真知。

话剧源于西方，我外语不行，有热心的外国朋友约我去他们那里访问，我拒绝了。我看不懂戏，也不能就专业方面同对方做直接的交流。只是作为一个旅游者跑出去东张西望，回来写篇空泛的礼节文字，那样

的事我不愿意做，也不大会。

国外现代派的戏剧，据说颇热闹，国内翻译得不多，我读得更少，因此也就不甚了了。前些日子听说要批判，我只好沉默……

我的事业心就此停止了吗？不会，所以我仍要学习并做些我力所能及的事。但我更寄希望于来者，我愿他们刻苦练就一身真功夫，尽量扩大自己的生活视野，并获得正确的世界观。

与此同时，我热切地期望他们多读点儿书。作家们终于在议论"非学者化"的不足了，我是极赞成的。以我的教训为例，没有学问的演员大约是不易取得大成就的。演员比起作家和导演来更容易出名，但不能为一时的名利所惑。戏剧必须有市场，但演员绝不能当"商人"，我们必须成为自己所属的专业的学者。结合自己的教训，我要大声疾呼：要提高多方面的修养，包括文学的、美术的以及所有的。

"装龙像龙，装虎像虎"是传统的名言，做到了也很不容易。但有时我也狂妄地想，难道这就够了吗？譬如美术，画虎画龙的作品不知有多少，抛开"画虎类犬"的不算，就在"像龙"、"像虎"的千百万幅作品里，就其艺术价值的高下而言，也是有天壤之别的。类似《伤逝》那样的故事，当时别的作者也未尝没有写过，敷衍成为一部"哀感顽艳"的长篇也不是不可能，但长留于世，至今读起来仍能引人深思的，还是鲁迅先生的这一篇。我总觉得我们演员也应有一双文学家那样深邃的眼和一颗为认识生活而上下求索的心。

交响乐、建筑和书法，大都是不具象、无情节的艺术品，但都有美：形色的美、节奏的美、韵律的美。书法里，有的秀逸，有的遒劲，有的古拙，但都有自己的美。由此我想到，演员的创造更不能只是演得像了就算。我们所创造的形象必须是一个文学的形象、美术的形象，可以入诗、可以入画的形象。即使是演一个坏人，也必须是一个"艺术的坏人"。

舞台上的演员总是看不见自己的作品，或许就是因为这个缘故，表演的理论我老觉得有些纠缠不清，不如诗论、画论那样能够说得直接而且明白。我曾偷闲读了一点点，觉得好，也曾立志读下去，但终于不可能。读到冷僻一点儿的词句，老实说我不懂。外国书看不懂，还多少可以原谅；祖国的书，自己"母亲的语言"，竟然也读不明白，就觉得万分愧疚了。但也只得作罢，不掩卷而长叹息又当如何呢！

我愿意学习，我总觉得有一个无形的神或鬼压迫着我，催促着我：为什么一些普通的常识你竟白痴一样的不懂？许多名著你为什么当读不读？我总觉得我读不下来，我不想开脱自己，我曾粗略地估量过：即或老天能多假我以时日，有的我能读到，而有的，我清醒地知道，我大约是今生读不到的了。但我并不消沉，一是因为我毕竟还不算很老，更主要的是，我知道还有比我年轻的同行们在，他们将跨过我们，迎着雪消山青、江晴花红的春光阔步前进，他们虽然起步略迟，但他们终将登上高峰。

由此，我也想到以为演戏是轻松愉快的职业的年轻朋友们，你们真想干我们这一行吗？那么，就要准备好吃苦。

三封家书里的梁启超

文／东方小四

还记得在湖南岳云中学上初中时，我所敬爱的语文老师杨振祥曾要求学生们齐声朗读并背诵梁启超的《少年中国说》，而那句"少年智则国智，少年富则国富，少年强则国强，少年独立则国独立，少年自由则国自由，少年进步则国进步"，他更是要我们反复诵读。那些铿锵磊落的文字，就这样流进了心内；一群十来岁少年的热血真诚，就这样被点燃。梁启超的名字，缘此有了别样含义。

此后陆续读过梁启超的一些文字，文采逻辑均过人，印象却无《少年中国说》这般令人震撼。

直到这两天，认真阅读他写给儿女们的一些书信，才觉得他伟大得如此实在。事业、境界上的伟人多矣，但做父亲能够如梁启超者，应属寥寥。

先挑一封最具戏剧性的信"以飨大家"。1926 年 10 月，梁启超的大儿子梁思成与未婚妻林徽因同在美国留学，他们收到梁启超寄来的信。梁启超在信中说："我昨天做了一件极不愿意做之事，去替徐志摩证婚——实在是不道德之极。我在礼堂演说一篇训词，大大教训一番，新人及满堂宾客无一不失色，此恐是中外古今所未闻之婚礼矣——徐志摩这个人其实聪明，我爱他不过，此次看着他陷于灭顶，还想救他出来，我也有一番苦心，但觉得这个人太可惜了，活着竟弄到自杀。我又看着他找得这样一个人做伴侣，怕他将来苦痛更无限，所以想对于那个人当头一棒，盼望他能有觉悟（但恐甚难），免得将来把徐志摩累死，但恐不过是我急痴的婆心便了——品性上不曾经过严格的训练，真是可怕，我因昨日的感触，专写这一封信给思成、徽因、思忠们看看。"此信对于曾与徐志摩有过一段纠葛的林徽因，自然还有些隐在文字背后的"敲山震虎"，荆棘话语却显得那样诚恳温润，令人无法排斥。

写此信的前一日，梁启超在徐志摩和陆小曼的婚礼上对他们大加训斥，"祝福"语是"祝你们这是最后一次结婚"！他的智慧与苦心，怕是要到徐志摩真的"累死"后（徐亡于飞机失事，但缘由为：在北京、上海两处上课以满足陆小曼对于生活的需求），人们才会明白。陆小曼最终洗尽铅华编辑徐志摩的文稿，应也会因忆起那一幕而感到难堪。可惜她不是梁的女儿，不曾受过"严格的品性训练"，所以一定要以爱人的生命为代价方能弥补所缺的人生课。

梁启超对于儿女们的关怀，舒朗又细致，如大师笔下的明艳国画。1925 年 12 月，梁启超写信给梁思成、林徽因，告知徽因父亲林长民死于流弹，他充满担忧和温情地要梁思成多关心林徽因，"你自己要十分镇静，不可刺激太剧，致伤自己的身体。徽因遭此惨痛，唯一的伴侣，唯一的安慰，就只靠你。你要自己镇静着，才能安慰她——我从今往后，把她和思庄一样看待，在无可慰藉之中，我愿意她领受我这种十二分的

同情，度过她目前的苦境——徽因留学总要以和你同时归国为度。学费不成问题，只算我多一个女儿在国外留学便了，你们不必因此着急。"此外，梁启超还专门写信给林徽因，说会照顾她的母亲，唯愿她能专心学业。

梁启超是个非常周到的父亲。1927年12月，梁启超又写信给梁思成、林徽因，慈父情怀跃然纸上，"婚礼只要庄严不要侈靡，衣服首饰之类，只要过得去便够，一切都等回家再行补办，宁可节省点钱作旅行费"。此外，他还详细推荐了新婚夫妇的"蜜月线路"，譬如说"入德国，除几个古都市外，莱茵河畔著名堡垒最好能参观一二，回头折入瑞士看些天然之美，再入意大利，多耽搁些日子，把文艺复兴时代的美，彻底研究了解"。这对于以建筑为业的新婚夫妇来说，是一杯清甜的凉开水，提点他们在甜蜜中也要记得人生的大事业。

培育一个健康向上、坚强正直但又丰富敏锐的心灵，多么不容易。梁启超却做到了，对九个儿女都从品格、才学、教养方面，关怀备至，严格和慈爱均恰如其分。因此，他的子女个个出色，为人亦朴实真诚。前段时间看到央视专访梁启超最小的儿子、火箭系统控制专家、中国科学院院士梁思礼，他5岁时父亲已辞世，但那些大道精神却在兄姐的传承下留下印记，他在回忆父母兄姐的教养之功时几度哽咽，但他强自镇定、手在发抖、泪水盈眶也绝不失态。他是个内心有力量的人。

虎父无犬子啊。作为父亲的梁启超，不由让人尊敬感动。

曾国藩的清贫生活

文／张宏杰

作为湘军的最高统帅，曾国藩一年净收入可达五千四百两白银，带兵十二年，合法工资收入可达六万四千八百两。何况他又拥有绝对的财政权，湘军军费的发放，全靠他一支笔。从咸丰三年创建湘军到同治七年战事基本结束，曾国藩先后支出军费三千五百万两左右。由于没有正规的财政制度，曾国藩完全可以大笔纳入自己的腰包。如果他稍有贪念，则十多年军旅生涯，积累百万资财实在是太轻松的事。

但曾国藩却没有因此而发财致富。虽然可以支配的金钱如沙如海，他寄回家里的钱，却比以前当京官时还要少。之所以如此，是因为他出山带兵时所发的那个"不靠当官发财"的誓言。曾国藩在家信中这样说："余在外未付银寄家，实因初出之时，默立此誓，又于发州县信中，以不要钱不怕死六字，明不欲自欺之志。"

当然，发誓在军中"不要钱"，并不只是为了保持个人的清名，更重要的原因是，曾国藩深知廉洁对战斗力之重要。只有立定"不要钱、不怕死"之志向，才能组织起一支真正有战斗力的队伍。

那么，曾国藩自己的合法工资，都用到哪里了呢？

第一是用于军队开支。咸丰七年十二月十四日夜，他在给弟弟曾国荃的信中说："余有浙盐盈余万五千两在江省，昨盐局专丁前来禀询，余嘱其解交藩库充饷。"

第二个方向是用于地方公益事务。他宁肯把收入捐给战区灾民，也不送回家。咸丰八年正月十四日，他居乡期间，曾指示曾国荃，在应酬及救济绅士百姓上，要放手花钱。

宁可把大量钱财用于施舍他人，也不寄回家里，除了不靠做官发财之誓言外，曾国藩还有更深入的考虑。他认为：奢侈的生活环境不利于子孙的发展。

咸丰九年的日记中记载，他与左宗棠聊天，左氏言："收积银钱货物，固无益于子孙，即收积书籍字画，亦未必不为子孙之累。"这正是曾国藩一贯的思想，所以他评价此语为"见道之语"。他从自身经验总结出，大富之家并非一个人良好的成长环境。他曾在家信中说："凡世家子弟，衣食起居，无一不与寒士相同，庶可以成大器。若沾染富贵气习，则难望有成。"他说他决不"蓄积银钱为儿子衣食之需，盖儿子若贤，则不靠宦囊，亦能自觅衣饭；儿子若不肖，多积一钱，渠将多造一孽，后来淫逸作恶，必且大玷家声"。

所以，他不多寄银钱回家，也是担心家风因此而坏。他在家信中说得很明白："吾不欲多寄银物至家，总恐老辈失之奢，后辈失之骄，未有钱多而子弟不骄者也。"

这一思想是曾国藩教育观念的一贯基础。

一个人的世界是怎样建立起来的

文／崔卫平

乍一看，这是一个奋斗与成功的故事：因为一场高烧，19个月大的海伦·凯勒从此失去了视力与听力，生活在一个没有色彩与响声的世界里，然而她却学习和掌握了植物学、动物学、自然地理、数学、法语、德语、拉丁语、希腊语等，24岁时从哈佛大学拉德克利夫学院毕业，拍过电影，写过好几本书，最终成为一名教育家、演说家和社会活动家。

但绕到成功的背后，会发现，这并不是一个酸楚的故事，而是一个喜悦与幸福的历程。当她陷入黑暗的世界，与外界彻底无关时，她挣扎、易怒、暴躁。这之后出现在她眼前的每一缕光线，每一个微小的响动，她心灵道路的每一点进展，都给她带来巨大惊喜。新的世界展现在她面前，就像初生的世界本身一样新鲜美丽。

远道而来的老师莎莉文与她一道探索。她分不清"水杯"和"水"之间的区别。老师带她到户外的井旁，把她的手放在出水口的下方，让清洌流淌的水经过，然后老师在她的另一只手上写出"水"（water）这个词。她终于感受到在自己用手触摸的世界之外，还有另外一个世界，人类自身的语言世界。万物皆有名字，这让她感到新奇极了，富有生命的词语开始唤醒她的灵魂。

抽象概念是这样建立起来的：老师让她穿珠子，按大的两粒、小的三

粒的顺序，她总是弄错。在老师的提醒下，她开始反复去想，努力思考怎样摆才对。老师莎莉文及时在她的脑门上写下了"想"这个词。她接下来除了将珠子弄对，还要去想这个词所代表的自身活动，它所指向的人自己的空间。

海伦对于事物的感受能力，仿佛一束光线，将事物本身重新照亮。她与事物相遇时，她／它们同时发出惊喜的叫声。难道不可以说，此时此刻，这片大海是为了海伦不存在的听力而喊叫："当波浪重重砸向海岸的时候，我感到卵石在咯咯作响，仿佛整个海滩承受着巨大的痛苦，空气也因它们的震颤而悸动。海浪暂时退去，只为了蓄势再来一波更猛烈的冲击。"

当我们倾听海伦对世界发出的热切呼唤，我们也会听到来自自己生命内部的热切呼唤。尽一切可能将生命从内部打开，释放生命的全部能量，这才是生命的成功。

而一个理想的环境，就是努力去帮助人们实现自己的意愿，帮助人们做自己想做的事情，让这个人实现他自己的内在价值。社会是如此，其他人也是如此。海伦有幸遇到了莎莉文老师，这位女性视将海伦带出黑暗为自己一辈子的事业，而她本人也在这个过程中享受了莫大的喜悦。

多么值得记取的所有这些人：后来教海伦唇语的富勒老师，允许海伦触摸世界博览会展品的希尔博特姆主席，同意海伦进入剑桥女子学校的人（这是一所正常人的学校），这个学校里德语老师葛洛小姐和校长吉尔曼先生，还专门学了手语字母表来为她上课。在拉德克利夫学院入学考试时，考官们允许海伦单独拥有一间屋子，因为她必须使用打字机才能答卷，而打字机发出的噪音会对其他考生产生影响。还有她在这所学院读书时，那些为她单独准备凸印版书的人，为她学习几何提供设备的人。这都是一些了不起的人，支持他们义举的机构也都是一些了不起的机构。

海伦最终以她不可思议的光辉，将所有这些人带给她的温暖，又返给这个世界和其他人，增添了这个世界的温度。她始终不懈地为盲人争取权益，将更多的盲人带到人们面前，也让这个世界更多的人互相之间得以照面。

　　我们的教育，应当怎样为孩子建立一个人的世界，我们当中的每个人，将会留一份什么东西，给这个世界呢？

一项因"爱"而生的发明

文/木 梅

2002年9月，28岁的亚当·格罗瑟从美国一所著名医学院毕业，随后作为志愿者跟随国际红十字协会下属的一个儿童救助公益组织，来到智利的偏远农村，为那里的孩子开展免费义诊活动。

亚当发现很多前来看病的儿童都患有小儿麻痹症，一查原因，大部分是因为婴幼儿时没有按时注射或服用脊灰疫苗。

起初，亚当以为这可能是因为智利缺医少药，没有足够的脊灰疫苗造成的。但陪同义诊的智利官员的一番话，却让他极为震动："我们有足够的这种疫苗，只是无法运送到这里——因为此地根本没有冰箱来保存疫苗！"

原来，智利的农村落后，百姓和小医院、诊所都买不起冰箱，有的诊所里甚至连电都没有，智利政府也无力为每一个偏远医院和诊所配备冰箱。而脊灰疫苗又必须在低温下保存，一旦脱离低温环境，马上便会失效，而自带冰柜的车辆又因为山路崎岖开不进来。山村里的人如果要跑到有条件保存脊灰疫苗的大医院，需要走很远的路，因此，许多农村父母干脆不带孩子去打疫苗。

从智利义诊回来后，心情难以平静的亚当很快又得知，不止智利，全世界有超过12亿人缺电，没有冷藏设备，特别是像非洲等贫困地区

　　的孩子，一出生便注定没有使用脊灰疫苗的权利。亚当决心为改变这一困境而努力。

　　为此，他不顾家人的一致反对，放弃了纽约一家大医院正式录用他的机会，走上科研道路。

　　在租来的实验室里，他先是试图找到一种将疫苗升温而药效不失的办法，但是努力了两年多没有任何成果。就在亚当身无分文、父亲几乎要跟他断绝关系的时刻，他突然开悟：我为什么非要紧盯着改变疫苗，而不是改变冰箱呢？

　　亚当开始跟斯坦福大学的一位热力学教授合作，发明一种不需要时

时用电的"冰箱"。2005 年 8 月的一天,他们终于成功研制出一个开水瓶大小的便携式低温储药装置——"远征强力制冷包",这种迷你冷包制冷效果非常好,只要充电 1 个小时,就能保持 48 小时的低温状态,即使在撒哈拉沙漠地区也一样有效。

今天,"远征强力制冷包"已经被全世界的很多政府和医疗机构采购,使用在没有低温储存设备的偏远地区。该制冷包目前销量已近 550 万个,它不仅挽救了无数生命,也让亚当赚了近 3000 万美元。

爱让亚当拥有了一项世界级发明,并从中得到了合理收益。

把未来和昨天关在门外

文／鲁先圣

1871 年的春天，英国蒙特瑞综合医科学校的学生威廉斯勒对人生充满困惑，他不明白应该怎么处理远大的理想和具体的身边小事，他甚至以为现在的学校生活枯燥乏味，没什么值得去用心的，因而他的成绩也每况愈下。他找他的老师探讨这些困难的人生问题，他的老师推荐他阅读哲学家卡莱里写的一本哲学启蒙读物，老师说，书里或许有答案帮助你解决问题。

书中的一句话让他眼前一亮："最重要的，就是不要去看远方模糊的未来，而是动手清理手边实实在在的最具体的事情。"

他恍然大悟：是啊，不论多么远大的理想，都需要一步步实现啊；不论多么浩大的工程，都需要一砖一瓦垒起来啊。

也就是从那一天开始，1871 年春天的一个下午，年轻的威廉斯勒开始埋头读书，因为他知道这是他目前最紧要的事情，他要把自己的成绩搞上去。半个学期以后，威廉斯勒就一跃而成为整个学校最优秀的学生。

两年以后，威廉斯勒以全校最优异的成绩毕业。毕业后来到一家医院做医生，兢兢业业的态度和精益求精的精神，使他很快成了当地的名医。

几年后，他创办了约翰·霍普金斯学院，他把自己的人生态度贯彻到每一个细节里。许多专家学者慕他之名来到学院工作，使约翰·霍普金斯学院很快成为英国乃至世界最知名的医学院。

威廉斯勒成功以后经常被邀请到耶鲁大学演讲，在演讲中他告诫学生们说：他之所以成功，是因为他"活在完全独立的今天"。他还说："要把未来和昨天关在门外，未来就在于今天，最重要的是把你手边的事情做好，这就足够了。"他正是靠着这两句话，精心地做着自己的事情，不仅成为那个时期最著名的医学家，还成为牛津大学医学院的讲座教授，被英国国王授予爵士爵位，这是那个时代学医的英国人所能获得的最高荣誉。

对于我们每一个人来说，生活中最重要的事情，不是每天遥望憧憬不可知的未来或者反思昨天，而是动手清理手边那些细小碎屑的实实在在的事。

康德的饮食起居学

文／黄　健

在哲学史上有这么一个人，无论你是喜欢他，还是反对他，只要你打算成为一个哲学家，必然不能回避他——他就是伊曼纽尔·康德，德国古典哲学的集大成者。有人曾经这样评价康德的哲学贡献：所有康德之前的哲学之流在他这里汇合，所有康德之后的哲学从他这里流出。

可就是这样一个巅峰人物，却有着极为传奇的人生：这传奇不是他经历丰富，而是经历至简，以至于他从来没有离开东普鲁士那个叫哥尼斯堡的小城市。康德没有结婚，自然没有后代，也很少生病。他每天过着同样的生活。他的一生，用现在的话来说，就是极简主义生活的极致代表。康德有一套自己独特的养生观念，这帮助他很好地保养了自己的身体，因此才能在那个平均寿命只有50多岁的时代里，将自己的寿命延长了近30年，并利用比常人多出的寿数，为人类贡献了极为重要的思想宝库。

康德唯一一次被较多记录的生病，是他在67岁那次感冒。就是这一次感冒，让康德的健康状况发生了根本性的转变。他在写给友人的信中说到那次感冒："尽管我的体力和感觉还没有什么异常，但思考和讲课的能力都已经起了重大的变化。我不得不时而把工作放开，等情绪好的时候再断断续续去做。"显然，康德已经面临着一次比较严重的身体危机，这在过去的 67 年间都不曾出现过。康德的这次感冒在追随者和友人中引起了很多议论和关注。当然，这与他极为刻板的生活是紧密关联的。每天下午三点半康德都要准时去散步，他沿着同样的一条路走了一辈子，走出了一条"哲学家小道"。周围的居民都依据康德的散步时间来对表。

1797 年，康德在写给友人的信里提到他正怀有一个构思饮食起居学的想法，此时，康德即将进入 74 岁。他像对待哲学那样，在总结了自己的生活经验后，期望能够总结出一套"饮食起居学"。遗憾的是，我们并没有看到康德完成他的这门新学问，而只有一些散落的片段留给了后人。康德曾经有一个短暂的时期胃不舒服，于是他在医生朋友的建议下服用金鸡纳树皮。康德认为只有在十分必要的情况下，例如当自然疗法失效时，才能求助人工药物。我们可以把这理解为康德看待自然的某种方式。就像是中国的养生观念，首先应该是自然的，其次才是人工的，相信自然界早已留给了我们克服问题的解决方法。

据说，康德每天在睡觉前，都会告诉自己"我很幸福"，然后安然入睡。关于睡眠，康德有着自己的看法。在他看来，"不能在确定和习惯的时间睡觉，或者不能保持清醒，这都属于一种病感"。康德曾告诉他的学生，应尽量避免在晚上睡觉前阅读和思考，而且还要避免喝热东西，以保证良好的睡眠。而对于一天时间的安排，康德的方式是，将重心放在上午，这和中国主张"一日之计在于晨"的道理是一样的。

康德非常严格地遵守时间，就像在他的哲学中阐述的那样，时间是一种先天直观，它先验地存在于人的心灵世界。康德对时间严格的遵守，也许正是印证了他对自己哲学的遵从，即按照一种哲学的方式来生活。

康德每天早上五点起床，然后喝杯清茶，再抽一斗烟，进行沉思。然后准备讲稿，并写作，到七点，开始上课，一直上到十一点，之后继续写作。然后是午餐时间，要和朋友一起吃。之后是下午三点半的散步，是哲学家独有的健身方式，在一条小道上来回走八遍，共持续一个小时。

康德在散步的时候紧闭双唇，只用鼻子呼吸，他认为这是防止疾病从嘴巴侵入身体的方式。另外，其间极少与人谈话，也不进行严肃的思考，让身体的机械活动与头脑的精神活动交替进行，在思维上任凭想象力自由地驰骋。康德用这种方式来协调思维和身体，从而获得一种平衡。这种方式，他坚持了大半辈子。

康德认为"任何一个人都有他独特的健身方式，如果没有危险，就不要对它有丝毫改变"，这是康德的养生准则之一，他本人也是这样做的。康德唯一的一次改变，是因为卢梭的《爱弥儿》深深地吸引了他，以至于放弃了那天下午三点半的散步，这还在哥尼斯堡引起了不小的骚动。

除了身体的问题，康德还注意到，人的心灵同样也会遇到问题，比如最常见的抑郁症。多疑并且总是朝坏处想，是典型的抑郁症表现之一，康德将之称为心灵的疾病。这种"自我折磨者"在心理上并不想使自己振作，这实际上是一种心灵的软弱。对此康德认为，人应当运用自己理性的力量，来分析这种幻想的对象是否真的存在，当然这除了运用自己的意志力以外，还需要将注意力集中在工作上，这才是康德要指出的对付抑郁症的核心。

工作，在康德看来，是一种最好的保持活力的方式。康德指出智慧使生活具有意义，这种智慧，需要工作去达成，并且工作的本身即是一种从事智慧的工作。

康德劝诫道："年轻人！你要热爱劳动，要对快乐有所拒斥，这不是为了断绝它们，而是为了尽可能把它们保持在审视之内。"正应了苏格拉底的名言"一种未经考察的生活是不值得过的"。

还需要强调的是，康德认为的健康生活方式，一方面是以工作为中心，追求智慧的生活；另一方面，他也注重平衡，注重对身体机械能力

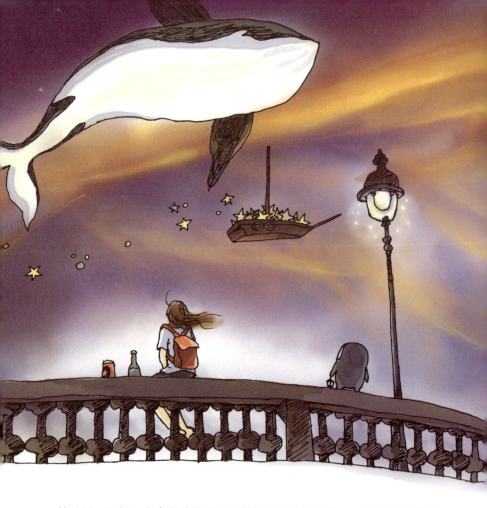

的运用。比如，应当充分认识到"笑"能够促进消化，"哭"能够帮助缓解痛苦。

在康德的一生中，社交生活是十分重要的，他认为在社交生活中，人能够提高鉴赏能力，同时，能够让大脑得到放松和休息。

康德所构建的独特的养生观念体系，使他的哲学也一并贯彻在他的生活中。他对哲学的探索和对生活方式的坚持，其实都是在强调那古老训诫的重要性，"认识你自己"，进而成为你自己。哲人最为世人所崇敬的地方，不在于他渊博的知识，而更在于他的坚毅和自知。

低眉与抬头

文／李良旭

1907 年，英国文学家吉卜林创作的《老虎！老虎！》荣获当年的诺贝尔文学奖。

吉卜林一路风尘来到瑞典，下榻于瑞典斯德哥尔摩一家酒店，准备领取诺贝尔文学奖。在酒店门口，吉卜林看到一个卖当地小吃的摊贩，旁边一个七八岁的瑞典小女孩伏在餐桌上正聚精会神地写字。

吉卜林好奇地走过去，他俯下身子，在小女孩身后仔细看着，脸上露出温暖的笑容。小女孩发现吉卜林站在身后，抬起头，眨着一双明亮的眼睛，问道："先生，我的诗写得怎么样？"

吉卜林夸赞道："你写得太好啦！特别是这句'小鸟从天空中飞过，将它的身影留下'，我觉得写得很优美、很形象。"

小女孩听了，兴奋地说道："谢谢您的夸奖，今后如果您要想学诗，可以请我来教您！"

吉卜林听了，欣喜地笑道："那太感谢你啦！有机会我一定会来向你请教的！"

离开斯德哥尔摩时，吉卜林专门送给那个小女孩一本他获得诺贝尔文学奖的小说《老虎！老虎！》。在这本书的扉页上，吉卜林写了这样一句话：小鸟从天空中飞过，将它的身影留下。您的大朋友：吉卜林。

在授奖仪式上，恰逢瑞典国王奥斯卡二世去世，授奖仪式极其简单，到会者总共只有几个人，其中还有一个门卫和一个清洁工，现场没有掌声，也没有喝彩声。吉卜林依然兴致勃勃，并发表了即兴演讲。他说："哪怕此时没有一名听众，我也必须要演讲，因为还有这苍茫的宇宙和灿烂的星空，它们会听到我的声音，这是对神圣诺贝尔文学奖的敬畏和崇拜。"

领奖仪式结束后，吉卜林前去皇宫拜见新国王。新国王刚刚登基，他端坐在皇座上，见到吉卜林来了，眼睛都没抬一下，双目低垂着。

吉卜林抬起头，不卑不亢地说道："国王陛下，本年度诺贝尔文学奖获得者、英国文学家吉卜林前来拜见国王，想必此时国王陛下正在小寐，那我告辞了！"

说罢，吉卜林抬头挺胸，气宇轩昂地走出皇宫。

吉卜林在回国的邮轮上，给他12岁的儿子写了一封信，吉卜林在信中写道："如果你跟村夫交谈不离谦卑之态，与王侯散步不露谄媚之颜，孩子，你就会在低眉与抬头之间，感受到人格的尊严和伟大。"

学人与口吃

文／胡文辉

  蒋寅《金陵生小言》卷一《儒林外传》有一则，罗列古今才人名士之口吃者，其中涉及近世学人有云："国学大师王国维、广西大学创始人马君武亦口吃……哲学家冯友兰亦口吃，1948 年自美国归，于清华开'古代哲人的人生修养方法'讲演，首次听者达四五百人，第二周减至百余人，第三周只余二三十人，四五周后竟只剩四五人听讲，以其口才不堪卒听也。叶公超每遇冯，喜诘称遗忘，郑重问冯家门牌，冯必'二二二二……二号'，七八个二乃止。其讲课念顾颉刚名，或'咕唧咕唧'之久而不出刚字，念墨索里尼，亦必'摸索摸索摸索'许久。此见门生程靖宇《冯友兰结结巴巴》一文所述。"

  按：此谓王国维口吃，似不确。据胡颂平《胡适之先生晚年谈话录》，胡适曾谈及："静安先生的样子真难看，不修边幅，再有小辫子，又不大会说话……"陈垣弟子牟润孙在《清华国学研究院》一文中也回忆："王国维的研究工作，虽然做得很笃实，但拙于言词，尤其不善于讲书……这些话是王的远房外甥赵万里说的，万里那时做王的助教。"由胡、牟两位亲见亲闻者的忆述，可知王氏只是口拙，还算不上口吃。

  至于冯友兰的口吃，民国杂志《人间世》曾有描述："这一次的见面，芝生先生所给我的印象是一个具有朴素、静穆、和蔼等德性的学者的印象。但同时我也发现了一件极不愉快的事，那就是芝生先生口吃得厉害。有几次，他因为想说的话说不出来，把脸急得通红。那种'狼狈'的情形，很使我们这班无涵养无顾忌的青年人想哄笑出来。"可与此处对照。

此外，近代口吃的名学人至少还有顾颉刚、容庚。鲁迅与顾颉刚交恶之后，在《故事新编·理水》中写到一位学者"吃吃地"说："这这些些都是费话……其实并没有所谓禹，'禹'是一条虫，虫虫会治水的吗？我看鲧也没有的，'鲧'是一条鱼，鱼鱼会治水水水的吗？"这位叫"鸟头先生"的结巴学者，即影射顾颉刚。鲁迅1927年6月23日致章廷谦函，提及顾颉刚当时任教于广州中山大学，又挖苦道："……下半年上堂讲授，则殆未必，他之口吃，他是自己知道的……中大又聘容肇祖之兄容庚为教授，也是口吃的。广东中大，似乎专爱口吃的人。"

冯友兰、顾颉刚、容庚，皆是现代学术史上各据要津的赫赫名流，何口吃之济济多士也？

想来口吃者自不宜当政客或商人，倒较适合当一介学者；因为学者不需要如政客或商人那般巧言令色，口吃虽影响教学效果，但三缄其口，减少交际，却更有利于埋头治学。胡适曾说："凡是麻子，他的相貌不好看，都是努力要出人头地的，所以成功的也不少。"同理，笨嘴拙舌者不是也会更努力地在著书立说方面下功夫吗？

可惜，时世已非，人情渐异，当今这个时代的学者生涯，早不是在冷冷清清的小书斋里，而是在熙熙攘攘的学术研讨会上了。今之学人，圣之时者，人在庙堂，心存市井，他们也越来越需要到处应酬，越来越需要口唾珠玉了。

如今还有口吃的学者吗？

"清华学霸"是怎样炼成的

文／饶懿 陈竹

2012年年底，一张"最牛学习计划表"，让清华大学的双胞胎姐妹马冬晗、马冬昕红了。

在A4大小的纸上，密密麻麻地写着周一至周日各个时间段的学习生活安排："复习大物"、"听CNN"、"完成作业"、"预习代数"等。被同学随手拍下并发布在网上后，几天的点击量和转发量过万。

一段在网络上疯传的姐妹俩申请清华大学本科生特等奖学金的答辩视频，更使她们被封为"清华学霸"。在视频中，马冬晗的自我介绍让网友纷纷惊呼"太牛了"：三年学分成绩名列专业第一名，单科最低成绩95分，还成为精仪系历史上首任学生会女主席……

面对外界的议论，妹妹马冬昕说："计划表只是工具而已，它能帮助我合理地安排时间，但并不是绝对有效。"姐姐马冬晗在一旁补充："其实实施计划才是关键。要认真地学，带着兴趣学，才能享受学懂的过程。"

不上补习班的优秀学生

对于姐妹俩在大学里取得的成绩，父母表示并不诧异。姐妹俩的母亲说："她们从小就很有毅力，只要定下了目标，就会坚定不移地去努力。"

马冬晗和马冬昕从小学一年级开始就坚持写日记，从不间断。最开始只写简单的几句话，到初中时，每一篇日记都是一篇独立的文章，就算春节时在前往奶奶家的火车上，也没有落下过。

姐妹俩的父母曾经都是大学老师，后来一直在教育系统工作，对她们的教育很有一套心得。在马冬昕的印象中，"从小到大，爸爸妈妈只让我们跟着老师的节奏走就好，既不要求我们上补习班，也不会给我们施加学习上的压力。"

"补习班会让孩子产生依赖，只有踏踏实实地自己学，所有问题都自己解决，才能培养独立学习的能力。"母亲说。

由于父母不支持她们上补习班，姐妹俩上课时特别认真，不懂就问，生怕遗漏了知识点，久而久之，培养了自主学习的良好习惯，一直都是班里的优秀学生。

因"迷茫"而制订计划表

"2008年，携手圆梦清华园。"这是刚进入高中时姐妹俩的约定，3年后，她们分别在物理竞赛和化学竞赛中取得了优异成绩，双双保送清华，姐姐马冬晗就读精仪系，妹妹马冬昕就读化学系。

作为清华大学有史以来第一对被保送入学的双胞胎姐妹，2011年年底，马冬晗、马冬昕分别以综合评分第1名和并列第2名的成绩获得清华本科生"特等奖学金"——这是清华授予本科生的最高荣誉。

然而，马冬晗坦言，和大多数新生一样，刚进入大学的她也曾经历过学习上的迷茫期，她对自己的评价是"适应能力差"。

大一时的机械制图和微积分课程曾经困扰了她很久，"空间想象力很差，常常望着一黑板的板书不知所云。"马冬晗说，"那时就只好赶紧把笔记都一字不落地抄下来，即使上课听不懂也要紧跟着老师。"

大一上学期，马冬晗在全年级考了第 26 名，一向"总是希望最好"的她受到了打击，为此感到压力很大，便不断探索好的学习方法。这时，妹妹马冬昕的学习法宝——"周计划表"启发了她。

"周计划表"是马冬昕在《社会工作概论》课上学来的方法，老师建议大家通过计划表来平衡学习与社会工作的关系。

"计划永远赶不上变化，一定要学会调整。"马冬昕说，她至今还记得老师上课时强调的话："一方面不要被计划牵着鼻子走，另一方面不要让生活中的变化太多。"

有了计划表，姐妹俩把一周的时间合理分配下来，每天都要总结"计划完成情况"、"学习情况"、"社会工作"、"体育锻炼"、"生活状态"、"修养品行"等。表上还时常出现"高效、专注"、"积极、平和"、"多思、少言、必行"等自我激励的话语。

重新找到学习方法的马冬晗充满了斗志，"有压力就有动力，既然这学期做不好，那下学期一定要做好。"

每天早晨 6 点 30 分，姐妹俩就一起起床学习，晚上自习到 10 点 30 分教室关门，才收拾东西回宿舍休息。

这样一天天坚持下来，到了大二时，姐妹俩就完全跟上了老师的节奏，真正把进度把握在了自己手中，成绩跃居专业第一。

"大家都把'周计划表'说得那么夸张，其实它对于我就像备忘录一样，只是工具而已，关键是一颗想要安排好时间的心。"对于马冬晗而言，计划表帮助自己提高了学习效率，使得她适应了大学生活的节奏。

每当有学弟学妹请教关于制订计划表的方法时，马冬昕就会说："制订的计划一定要可行，每天完成一项就是对自己的鼓励，那种看上去就完成不了的计划只会造成打击。"

并不是只会读书的"书呆子"

顶着"学霸"的名头，马冬晗和马冬昕并不是只会读书的"书呆子"，本科期间，她们俩都在班委会、学生会、团委等组织承担了一定的社会工作。姐姐马冬晗是精仪系学生会历史上第一位女主席，妹妹马冬昕还当选了北京市海淀区第十五届人大代表。

这些工作并没有影响她们的学习。马冬晗认为，学习不好会有很多种原因，但社会工作绝对不会成为理由。

马冬昕也说："好好学习的同时，也为集体出一分力，带领大家为一件事而共同努力，是个很快乐的过程。"

得益于合理的时间安排，姐妹俩还在课余加入了清华大学国旗仪仗队。每周一早上，她们都要 5 点 30 分起床，整理军容，准备出旗；每周日下午有 3 个小时的训练，最简单的军姿也要夹 4 张扑克牌保持身体笔直，正步踢腿一踢就是半个小时，每次训练完，"衬衣都能拧出水来"。

马冬晗和马冬昕一直把体育运动作为休闲娱乐的方式，学校和院系组织的中长跑、乒乓球、排球、羽毛球等比赛中不乏她们的身影。

谈到如何平衡好学习和生活时，马冬晗说："我不一定比别人聪明，但我比较会控制自己。人要培养意志力，学会管得住自己。正所谓'业精于勤而荒于嬉，行成于思而毁于随。'"

丑姑娘的优势

文／黄　欢

　　她是我见过的最自信从容的女人之一。

　　她是那种你一眼见到就会觉得绝不简单的女人，非常强悍。不是外表，是她的思想和表达。她是我弟弟的同事。我有段时间特别想离开广告界去相夫教子，于是去开了一家美容院，她来捧场。先描述一下，当时她有点胖，身材不高，比我小3岁，但发型老气，显得不精致。她进门后，我俩相互介绍后坐下，开始寒暄。

　　她第一句话就把我惊呆了。她对我说："你长得实在太吃亏了！"

　　我当时没觉得特别不爽，只觉得特别搞笑。我这叫长得太吃亏，那她长得岂不亏到地平线以下去了。结果等她说完，我佩服得五体投地，这个女人太强大了。

　　她说："你这种长相的女子，一站出去，男的怕你给他设陷阱，女的担心你抢她风头，难怪你要躲到这里来开美容院！哪像我，我这种长相，男的只会当我是哥们儿，女的更欣喜有绿叶衬红花，所以，我很容易就处处逢源。我若和你一同竞选，能力相当的情况下，我的票数肯定比你多。我成功显得这个世界还是有公平在的。你赢了呢，就让人心理失衡了，上天哪能把什么好都给你呢？你说是吧？所以，我们能力相当、成就相当的话，人们一看我就觉得是实力派，却很怀疑你靠什么上来的。所以啊，太吃亏了。"

敬佩之情油然升起，多厉害的一个女人啊，她这一席话起码同时达到了三个目的：

第一，明贬暗褒，不落俗套地夸奖了我；

第二，视角独特的自我调侃，不卑不亢、亮了自己；

第三，深蕴职场法则，懂别人不懂的你的委屈，一瞬间拉近了距离。

果然，一下我就明白了，为什么我弟弟介绍她时，说"没有她谈不下来的业务，没有她搞不定的人"。

一个女人，都能把长相上的劣势转化为职场人际的优势了，你说还有什么东西到她手里不能变废为宝的？

经她点拨、鼓励、推荐而一直感激她的属下很多，因为她总有一种能力，就是帮助身边的人最大限度地把自己的特点和优势挖掘出来，而那些很可能是原本让他们自卑的弱点。一个人若是有这样的本领，怎能让人不想追随？

我也有心跟她学习，但偏爱光鲜亮丽的外表还是让一部分人觉得有点"刺目"，这无形中就遮盖了其他的优点。而这一切，她见我的第一天已经预见。故而，我的发展轨迹是一个个跳跃的亮点，而她的是一条绵延的线和一张链接了情感和利益于其中的网。

这是个能帮你绝处逢生的女子，因为她总能从一无是处之中找到独到之处。

张大奎：活着，以不卑不亢的姿态

文 / 庄庆鸿 李晓花

"我有抑郁症，所以就去死一死，没什么重要原因，大家不必在意我的离开。拜拜啦。"今年的 3 月 18 日，是南京女大学生"走饭"发出微博遗言一周年。当张大奎在宿舍看到纪念她的微博时，他抬起并不灵活的双手，敲下了四个字："努力活着。"

这个从不到两岁起被诊断为脑瘫的青年，曾经也是离绝望最近的人，如今，他是计算机博士。

"咱可不能穿新鞋，走老路"

1981 年，张大奎出生在河南焦作的一个农民家庭。一次高烧，乡下有限的治疗条件导致了严重的后遗症。父母把他抱到北京来求医，却得到了一个令人心碎的回答："核黄疸后遗症"，俗称小脑瘫痪。

到 6 岁时，他还只会在地上爬，根本无法独自站立。没有任何康复训练机构，也不知道去哪里求助，但张家没有放弃。

一开始，父母在两棵大树间绑上了两根竹竿。从烈日炎炎到漫天飘雪，年幼的张大奎双臂架着竹竿挪来挪去，有时候哭着还继续"走"。几年后，双臂磨厚了，他终于可以用双臂"走"了。

但一个年轻人的天地，不可能永远在两棵树之间。突然有一天，竹竿被换成了粗绳子，"竹竿是硬的，可以完全依靠；但绳子就不一样了"。他很不适应，经常是走到一半就双膝跪倒，"膝盖不知道磕破了多少次"。

在张大奎摔倒的时候，爸妈很少伸手扶。"自己想办法站起来"是他们的口头禅。终于有一天，再摔跪在地上时，孩子没有感到膝盖疼，还马上爬了起来。

到了9岁，张大奎创造了第一个奇迹：他能拄着拐杖走路了。

"说实话，当时我很恨父母对我的'狠心'，但现在我非常感激父母当年的良苦用心。"

小学时，他上课不敢多喝水，怕上厕所的时候麻烦别人；在别的孩子互相追跑的时候，他只能孤独地坐在座位上，"但这也让我有了更多的时间来学习。"

他能穿得起的只有十几块钱的军用胶鞋，"脚在地上拖来拖去，每个月基本上要磨坏两双。"

父亲每次为他穿上新鞋子的时候，都会说一句："奎，咱可不能穿新鞋，走老路。""当年我并不理解这句话的含义，但若干年后，每当我有了新鞋时，都会学着父亲的口气对自己说：咱可不能穿新鞋，走老路！"

"没有你们想象中那么困难"

"现在很多人都认为我很厉害，但我只是做自己能做的和该做的，没有你们想象中的那么困难。"白色的书桌上，摊开的是张大奎正在学习的英文课本，旁边放着几支专门用来练字的荧光笔。他写的字很大，有专门练字的本子，"如果字太小，我掌握不了那框架，就写歪了。"

讲话时的张大奎还会加上手势，语速一快就会有点儿口齿不清，不一会儿额头上就出了薄薄一层汗。小毛巾就捏在手里，时不时地需要擦一下。

2002 年，张大奎顶着极大的压力参加了高考。后来，他选择了当地一所民办大专院校——黄河科技学院。"当年我参加高考的时候，绝大多数公办大学都不愿意接收残疾人。现在想来，很感激母校愿意接收我。"

大专快毕业的时候，他面临了一次至关重要的选择：是继续读书，还是就此结束？

"我当时看不到继续读书的希望。"张大奎回忆说，"因为不少身体健全的名校毕业生都找不到工作，更何况我？但父母知道我的想法后，鼓励我继续读书。为了不让他们失望，我在专升本考试的前半年，把自己关在宿舍里没日没夜地复习。"

2006 年，他考入河南理工大学计算机学院，并在那里读完了硕士研究生。

2011 年，张大奎决定考博，"但理想和现实是有差距的，尤其像我这种情况。"

他给相关领域的博导们发了不少邮件，但是大部分教授在得知大奎的身体状况后，都选择了沉默或是拒绝。最严重的时候，他整夜整夜地失眠，也曾想过要放弃，但他始终抱定："绝望也是种醒悟和升华。"

终于，他收到了唯一一封回信，它来自北京理工大学计算机学院樊孝忠教授："你可以考我的博士，但能不能考上，完全要靠你自己。"

这对绝望中的张大奎来说，是可以抓住的最后一根稻草。

那年冬天，他坐在轮椅上的身影，震惊了整个考场。博士生面试那天，樊孝忠教授第一次见到张大奎。他在楼道里滑倒了，等大家发现的时候，他已经在努力地爬起来。"他很自强，自己能做的，即使朋友能帮，他也要自己尽力去做。"樊教授说。

最后，3 个学生达到了录取标准，但樊孝忠只有两个名额。考虑到张大奎的身体情况，他把另一个学生推荐给了其他老师，把张大奎留在自己身边。

"张大奎 STYLE"：我到这个世界，就是为了带来不同

研究生楼下放着一个暗红色的旧小三轮，那是张大奎的"专车"。他可以骑着他的小三轮去想去的地方，虽然吃力，却让他的行动自由了很多。

18 岁时，他才学会了骑人力三轮车。当时他对自己的评价是："我终于实现了梦想——像别人一样正常行走、生活自理！"

"自己一个人待久了会很烦闷，我可以骑个车出去。骑车是给自己一个思考时间，自己必须孤独地去面对那段路程。"

生活把他逼向死角，他回应以耐心和毅力。"等挺过去了，称赞我的人只看到了结果，过程的无奈只有我自己知道。"他说得坦然，"情绪高昂时把事做好，低潮时把人做好。"

他很喜欢乔布斯说过的一句话："你无法预先把未来的点滴串连起来，只有在经历过后，你才明白那些点滴是如何串在一起的。所以你得相信，眼前经历的种种，都会串连成你的未来。"

张大奎也有他的烦恼。他坦言："说实话，作为一个残疾孩子，心底的自卑是难以启齿的。"就在一年前，他最怕的还是别人猎奇的眼神。但现在，他已经能够自信地说出下面这段话："我就是天生与众不同的，我走路特别，说话特别，写字特别，这就是我张大奎的 style。我值得被看到和听到。我来到这个世界，就是为了给世界带来一些不同。我要告诉人们，原来人在这样的生存状态下，还可以这样不卑不亢地活着；原来一个生命可以用如此与众不同的方式，触动世人的视觉和听觉。"

我的大学

文／陈倩儿

一个人逛书店的时候，我常常想起我的朋友老崇。他比我年长 5 岁，戴一副黑框眼镜，最大的爱好是逛书店。在书架前，他常捧着书一站就是两三个小时，仿佛整个书店就是他家的书房。

如果不走近他身边，闻到那股垃圾桶般的味道，你很难发现，老崇其实是个流浪汉。

在我的母校复旦大学，他一度还颇有名气。身高一米八几的老崇成天手提几个塑料袋，在校园里穿梭，见着瓶子或报纸就拾起来。不少师生都认得这个"捡破烂的"，但没人对他有更深的了解。有人说，他脑子有点问题。更多的人猜，他本是大学生，只是"读书读疯了"。

撞上老崇的时候，我还是个本科生。纪录片课的老师要求我们去拍个片子，我脑中马上出现了老崇的样子。对生活在社会边缘的人，我一直充满好奇。

连续好几天，我扛着摄像机在校园里寻找老崇。但当我根据保安的提示找到他时，却紧张得吐不出一个字来。

现在回头看来，那时的我不过是个自以为是的小姑娘。我出生在一个南方城市的工薪家庭，是从小被高度保护的"好学生"。

我会掏出零花钱，给躲在后巷的流浪汉买个面包，也曾在大冷天，动员爸妈给无家可归的人送几条棉被。那是某种朴素的同情心，但对于这些藏在边缘的人，我从没打过交道，也谈不上什么了解。

对我这个突然闯入的陌生人，老崇倒显得非常轻松，爽快地答应了拍摄要求。

我渐渐发现，外界对这个男人的传言并不真实。

在山东老家的农村，老崇一直读到高中毕业，可家境困难，他最终选择外出打工谋生。2004年，22岁的他只身一人来到上海，在好几家小餐馆做过配菜工，后来听了老乡建议，开始"捡瓶子"。

"捡瓶子"一度是收入不错的行当，但老崇坚持只在大学校园里捡。他有那么一点心高气傲，感觉在外边拾荒过于丢人，并且，在"工作"以外，他还希望过上"大学生活"。

他常常去旁听复旦的一些公开课，最喜欢历史系的课，葛剑雄、樊树志先生的课他都听过。每天早上，他总要花上一块钱，买一份《东方早报》，慢慢翻看。

大部头的书，他买不起，也不可能进入复旦的图书馆，他便跑到学校周边的书店里，摘抄自己喜欢的段落。每一回把废品卖到收购站时，他还要多问一句："最近有什么好书吗？"

老崇常说，最理想的人生，是满足基本吃喝之后，"自由自在地看看书"。

我看老崇的视角越来越平，尽管他还是浑身酸臭味，不够合身的裤子成天吊着，而我一身衣裳光鲜亮丽，但我渐渐打心底里认为，我们并没有太多的不一样。那些所谓的"不一样"，不过是源于我们不能选择也永远无法改变的出身。

有时，我甚至是仰视他的。

一次，我与老崇并排坐在草坪上。聊到兴之所至，老崇突然大声吟起诗来："人生本来一场空，何必忙西又忙东。千秋功业无非梦，一觉醒来大话中。"吟诗的时候，他潇洒，爽朗。直到今天，我依然对那一幕印象深刻。

拍完纪录片，又过了半年，老崇的手机再也打不通了。我曾经几次打听他的下落，却始终不得音讯。

毕业后，我转而攻读社会系的硕士研究生，并在一个服务弱势群体的民间机构实习。我不再是那个自以为是的小姑娘，对那些活在社会边缘的人，我都尽量以平和的姿态去接近。我愿意相信，每一个底层人的身上，都可能有着与老崇相似的一些闪光点。

我曾经亲眼看见，在一个废弃的停车场里，几个流浪汉分工合作，洗菜生火，轮流做晚餐。一碟青菜，几杯劣质白酒，几个人聊得天高地阔。而在一个破旧的简易棚屋前，一个老人趁着月色，拉起自己心爱的二胡，余音袅袅，环绕陋室。

置身于这样的画面中，我总会想起老崇，想起在那个阳光和煦的早上，老崇伏在课桌上，在一本破烂的本子上安静地写着自己的日记。透过教室的玻璃窗看去，他与复旦学生并无两样。

那部记录他的片子，我最终取名为"我的大学"。

小停顿　大起步

文／陈亦权

我的表哥是个老实巴交的农民，种地之外，还擅长包饺子。

三年前，表哥凑了五千元钱在邻县开了家饺子店，规模不大，只有五六张桌子。三年后，表哥居然就靠这饺子店挣的钱，回村盖了一幢富丽堂皇的三层楼房，市价至少20万。

虽说我知道表哥的饺子包得不错，但我始终难以相信他用区区五千元成本，在这三年里就赚了20万。前不久，我抽空去了饺子店。当时正值用饭时间，饺子馆里的生意特别好，表哥表嫂还有几个帮手忙得不亦乐乎。大约过了一个多小时，用餐高峰过去，生意逐渐清淡了。

这时，表嫂和几个帮手就开始把碗筷收拾起来清洗消毒，表哥则从后院拿出一块大牌子竖在门口，牌子上写着这样几个字："碗筷消毒，暂停营业！"

我对表哥说："你这不是多此一举吗？下午1点到4点本来就是就餐淡期，没什么生意，何必要竖这么一块牌子？再说了，消毒也不必一律拒客吧？假如有零散的生意进来，消毒归消毒，并不妨碍多做点生意啊！"

表哥憨憨一笑说："嘿嘿，这你就不懂了，我这家店的生意在这条街上是有名的，而且还多亏了这块牌子呢。""这块牌子能让你的生意更好吗？"我纳闷了。

"正因为下午这几个小时是就餐淡期，所以我才'拒客'。'拒客'的真正用意是为自己打广告，我用这块牌子告诉每一个从这里经过的人，我们是真正把卫生当成一件要紧事来做的。虽然我可能会少些零散顾客，但是我们注重碗筷消毒的形象，会在人们的心目中留下深刻印象，等到他们要吃的时候，自然会选择我们这家饺子店！"表哥自信地笑笑说，"都说废物利用，其实啊，'废时'也同样是可以利用的！"

听了表哥的话，我这才想起来，无论大酒店小饭馆，到了下午这几个小时的淡期，往往是大门一关了事，即使是开门迎客的，也是懒洋洋地在店里面打瞌睡。只有表哥把这个时间有效利用起来，行之有效地为自己做了一个顾客们最关心的形象广告。正这样想着，一对小夫妻从门口经过，妻子指着牌子说："这家店搞起卫生来还挺有原则的嘛，我们晚上就来这里吃饺子吧！"丈夫朝牌子看了看，应和着说："行，不错！"

不用说，晚上，表哥的店里起码又多了两个顾客。看来，表哥这块"碗筷消毒，暂停营业"的牌子，还真是一套独特的生意经。

请给命运一记响亮的耳光

文/桑 宁

大学刚毕业那年，我固执地想留在上海工作。父亲几次劝我回家，都被我拒绝了——我爱这座城市蓬勃的朝气。后来，我终于被一家台资公司录用，做文员。

父亲听闻我要和同学合租房子，十分担心。他说：要不你去找找你赵姨吧。

赵姨是父亲一位旧友的妻子。那位老友不在了，赵姨还倒记得父亲，在电话里听说要托她租房子，就让我住到她家里去。那是一幢年头久远的两层小楼，一楼在临街的一面开了家苏式面馆，赵姨住在二层。房间朴素干净，白色的墙上几乎没什么饰物。

赵姨说：那个北屋就归你了，我这个人爱干净，你要注意卫生。你的东西要放好。不是你的东西，不要拿。那时候，我觉得赵姨一定是一个人住得太长了，性格有点凌厉，一开口，准呛人。

12月的上海，天气总是阴沉沉，潮气里藏着透骨的寒。那一天，难得遇到一个好天气，可公司却出了大事。经理的笔记本电脑丢了，里面有许多重要的资料，特别是一份新产品的行销计划，没有打印，也没有备份。

经理气急败坏地去保安那里调出监控录像，结果发现中午时间，我

曾一个人留在办公室。

很快，流言就传开了。下班时，我在洗手间的隔间里，听到外面有人边洗手，边嘲讽地说：招外地人就是麻烦，手脚不干不净的。我真想推开门，冲出去对她们说：外地人怎么了？

那天我情绪低落地回到家里，刚走上楼梯，就发现我卧室的房门半掩着，里面传出窸窸窣窣的声音。我轻声走过去，看见赵姨正站在我的床边，不知在摸索什么。

闷压了一天的委屈，顷刻爆发了。我推开门大喊着：我就那么像个坏人吗？我没偷过东西，你丢什么都和我没关系！

赵姨被我突如其来的脾气吓到了。她说：今天有太阳，帮你晒晒被褥，总这么潮着，要得关节炎的。说完，赵姨就关门出去了。

我颓累地倒在床上，干爽松软的被子，散着温暖的太阳味儿。心里的委屈与愤怒，仿佛也被这股味道稀释得淡了。

第二天是个周末，我一直睡到 10 点。出门洗漱的时候，才发现赵姨一直都在外面等我。

我抱歉地说：昨天，对不起。

赵姨却说：我不是要这三个字。我要知道为什么。

我告诉了她自己在公司的遭遇，灰心地说：有时候觉得，还真不如听我爸话回家。

赵姨听了却不以为然地说：你记住，在这个世界，你永远不可能左右别人怎么想你。对付质疑的最好方法，就是做好你自己。还是想一想，你当初为什么非要留在上海吧。

那天晚上，我决定帮经理把行销策划材料整理出来，因为那些基础数据和资料，多半都是我收集来的。我凭着记忆，做出了计划的框架，第二天就电邮给了经理。周一的早晨，经理一见到我就说：你还挺有心的，你就不怕我怀疑是你吗？

于是，我把赵姨那句话原封不动地送给了他。我说：你知道对付质疑的最好方法是什么吗？就是做好你自己。

大概就是因为这句从赵姨那里盗版来的"名言"，我的生活从此有了转机。经理的电脑一直没有找到，但他对我却有了新的评价。

一个月之后，我成了他的助理。六个月之后，我调进最具潜力的市场部。

2013 年的春天，经理要去青岛开发新市场，他决定带我同去。我告诉赵姨的时候，她却没多大欣喜，只是叹了口气说：走吧，以后要好好照顾自己。

一楼做面条的老板，曾经告诉我，赵姨是有过女儿的，初中的时候不知什么缘故自杀了。没人知道赵姨那几年是怎样挺过来的。总之，她收起女儿所有的照片，学习一个人生活。她可以老去，可以孤独，但她绝不让自己沉溺在灰色悲伤里。

离开上海的那天，赵姨来机场送我。她送我一只手工缝制的荷包。荷包里只放了一张纸条，上面写着：你要记住，不要给自己妥协脆弱的理由。如果命运给了你一记响亮的耳光，你一定要昂起头，勇敢地扇回去。

我坐在即将起飞的机舱里，扑哧一声笑了，可也有晶莹的泪水，从眼角流出来。

理直气壮做蓝领

文／杨锦麟

　　蓝领，是指以体力劳动为主的工资收入者，印象中总是干着最苦最累的活儿，拿着最微薄的收入。可现如今这种印象，似乎发生了改变，近年来出现的高级蓝领群体，如催乳师、陪孕员，更是把握市场机会，靠双手创收，月收入上万的新闻不绝于耳。

　　过去大家是连"领"的概念都没有的。我做了8年知青，服务于生产队，抽签分衣服抽到了一条用日本的尿素袋缝制的大裤衩，屁股后面印着"净重100公斤，含氮量80%"的字样。那个时候穿上这种标志着工人阶级身份的衣服，是相当神气的。

　　随着我国的现代化、工业化、城镇化，"领"的概念出现了，有金领、白领、蓝领、灰领等各式各样的"领"。但是最近一则关于蓝领的新闻让我很受触动，说的是山东某村庄的一批电焊工，凭借着自身过硬的技术举家移民澳大利亚的事情。与此同时，包括中国珠三角、长三角这样的制造业基地也面临着高技术工人工资越来越高的现象。有统计说在中国的工人阶层中，高级工人只占到5%左右，而同样的比例在西方发达国家要高达三分之一。现在中国的高级技术工人非常值钱，熟练技术工人的收入也已经比一般的大学毕业生高得多了。

　　即便是这样，"君子劳心，小人劳力"的传统思想仍然主导着社会观念，包括现在我们把工作的人分成所谓的"蓝领"、"白领"，也是一种社会阶层和分工的划分。

在整个中国社会，对蓝领工人社会地位的认可程度并没有因为他们的收入增长而提高，包括一些从事服务业的高级人员，他们虽然收入很高，但是因为是"单干户"，所以只有现金可拿，社会保障体系是不管他们的，比如五险一金、户口档案接受地，等等。所以尽管他们的工资看起来很高，但仅仅是一份纯粹的商业性交易，他们无法产生存在于社会之中的归属感和安全感，他们也是没有相应的社会地位的。

现在面临的一个问题是，蓝领的工资高于白领到底是一个短暂的现象还是发展的一个趋势？在一些需求紧张的职业领域，答案是前者。而我个人对当前被炒得很热的"新蓝领"现象的感觉是，当前中国对于阶层的划分太严苛，"唯有读书高"的观念仍然根深蒂固，导致我们在谈到北大学生卖猪肉、博士硕士做月嫂这些问题本身时，还是抱着蓝领低人一等的思维。如果我们真的对蓝领这个阶层非常认可，是不会去谈这样的问题的。

这些现象的出现已经折射出一种迫在眉睫的危机。如果我们的教育体系、我们的专业设置、我们的观念没有一种颠覆性的、彻底的改变，就仍然会存在蓝领拿着很高的工资却没有归属感和安全感的现象。这一状况继续发展下去，也许我们国家的明天就会出现无数的不懂任何基本技能的高学历者。

一句话，工作不分贵贱，需求决定一切。

送奶工杨琴

文／明前茶

从背影上看，杨琴就是那种蹬着踏板助动车送货的人：她的腿有点罗圈，送奶时，她从不敢把奶箱绑在后面，都是把它们放在踏板上，经年累月弯着膝盖，别扭小心地载着奶箱骑行，腿就变O形。

杨琴45岁，凌晨三点半就起床送奶的日子已经有12年。这12年，她用爬楼送奶赚来的辛苦钱，将一对双胞胎女儿送入了大学。孩子上了大学开销大，加上另一个片区送奶的姑娘回老家结婚，杨琴把她手上的五栋楼也接了下来。这样，为保证所有的奶在早上七点前送到人家门口，杨琴凌晨两点就出发了。

听说我要跟她一起去，杨琴特地叮嘱说，别穿硬底鞋。订牛奶的人以六十岁以上的老人居多，一到后半夜，整个睡眠就像发青的薄壳蛋，有一点点动静就碎了。"他们爱在我手上订牛奶，就是图我手脚轻，在楼下停车动静小，上楼动静小，开箱放奶的动静也小。"杨琴12年前曾经遇上这样一件事：她刚接手送奶，爬到某栋楼的五楼时，楼道里黑黝黝地候着一个人，把她惊出一身汗来。定睛一看，披着棉袄抖抖索索站着的是一个70来岁的老爷子，估摸着杨琴四点钟要从这里过，老人提前候着她，用压低了的喉音问她："你明儿来，开奶箱的动静能不能再小点？"老人说老伴儿有严重的神经衰弱，是惊醒了就得睁眼到天明的那种人。

杨琴默然点头，从此改掉了戴着粗线手套放奶瓶的习惯。奶箱那么小，要摸黑将奶瓶无声无息地放入，不碰到奶箱壁，手上的感觉要好，这就不能戴手套，代价是冰凉的奶瓶把她手上的温度和油脂、水分全带走了，涂护手霜也没用。杨琴的手，只有夏天才不裂口子。

杨琴为她的送奶准备了一整套装备：皮护膝，爬楼无声无息的软底鞋，反穿的大棉袄，棉袄里面再冷的天只穿一件毛衣，因为"爬楼爬到第四栋，肯定一头汗，捂紧了出汗更多，伤元气"。

杨琴记性特别好，在昏暗的楼道里，我看到她在某些单元房的门口停下，手脚麻利地抽去了人家门把手上卷插的广告纸，但在她放奶的那些人家门口，她却没有去理会那些小广告。问她为什么，她小声说："有些老人到南方的儿女家去过冬了，天暖和了才回来。临行，他们会退奶，等回来才续订。我记得他们的门牌号，顺手把乱塞的小广告清理了。听说有些小偷，专靠这个判断人家家里有没有人。"

这种贴心细节，订户都记在心里。杨琴去收奶款的时候，有的老人专给她留了从云南、海南那边带回的稀奇水果，有的老人把报箱的钥匙交给她，说要出国探亲三个月，"要劳烦你帮我清下报箱。"还有的老人把空瓶放回奶箱时在里面放一张纸，杨琴抽出来打手电看，老人用一丝不苟的小楷在纸上写："闺女，我去医院疏通下血管，也就五天时间，奶不退了，从今天起，你帮我喝了吧；另，上次听你讲，我小院里的梅花好香，给你折了些回去插瓶，就放在门口。"

杨琴蹲身下去，果然，地上有个自做的小布兜，兜里是旁枝斜出的绿萼梅一大束，清香如泉水一样在窄小的楼道里流动。小布兜有提手，杨琴可以把它套在车把手上，心情舒畅地骑车回家去。

蜘蛛人

文／明前茶

"抬头看，那叔叔是在拍电影吗？他是蜘蛛侠吗？"

"唔，他在洗大楼的窗户，他是勇敢的蜘蛛人。"

那天落雪未化，整个世界做梦般地安静，蜘蛛人小马在清洗一栋10层楼的酒店，降到楼的半腰，听到了小男孩和他老爸的对话。仿佛为了响应那个孩子的崇拜之情，小马用脚踢蹬窗台，吊他下来的粗绳马上摆荡出一个绝妙的弧度。眼看钟摆一样的他，就要撞上玻璃窗了，他手里的刷窗器已经送了出去，抵住窗子，就像书法家气势磅礴的中锋一样，从上拖到下，窗的左侧，眨眼间已被刷尽了尘埃。

小马觉得电影《蜘蛛侠》的编剧一定是干过他这一行的，他18岁就开始清洗高楼大厦的玻璃幕墙，到现在10年了，亲眼见证了这座城市的长高，20层、30层、40层，现在50层以上的超高楼也比比皆是。作为一名蜘蛛人，他面临的挑战也越来越严峻，高空的低温、风速带来的摇摆、大厦里面的人莽撞的开窗动作给他带来的风险，不亚于直升机驾驶员要在一小块悬崖上慢速悬停。小马说，一开始，在高空中清洗三层楼的窗玻璃，耗去的体力可以在中低层清洗10层楼。紧张、低温，还有高空的风速带来的干渴感不只让他喉头发紧发腥，连两只眼睛也干涩不已。

　　小马一度想离开这一行。他的师傅为了让他在半空中放松些，想尽办法，包括在他右侧下方擦窗，承诺一旦小马有事，他可以及时摆荡到他的下方来救他。小马挤出比哭还难看的笑，"你以为你是阿汤哥还是成龙？"

　　这天，擦到一半，师傅拿着对讲机，对上面放绳的人喊："别放绳子了，我跟小马要休息一会儿……不用把我俩都吊上去，就停在这里好了。"师傅叫小马摸摸自己的衣兜，小马啼笑皆非地掏出一根棒棒糖。于是师徒俩悬停在半空，各自吮吸一根棒棒糖。

　　那是埋头擦窗的小马第一次有闲情眺望这座城市，这洗得明晃晃的大楼，在微微的摇晃中，他看到了什么？在四方形的广场上，急速变幻流动的云朵出现在镜子般锃亮的玻璃幕墙上，倒映的蓝天如一口深井，无数的云朵仿佛从深渊中蹿流出来；接着，熔岩般的夕阳出现在东边的楼宇上，在某扇窗户上，像缓慢流转的火球一般旋出火焰，那火焰逼得小马眯起了眼睛。他感觉到那光线在睫毛的缝隙间跳动，就算闭上眼，那炫目的夕阳也在他脑海里烙下一个印子。

　　师傅在喊他："小马，睁眼啊，睁眼啊，你看鹰！不知从哪里来的鹰！"

　　小马猛一惊，眼皮都跳动了几下，抬眼望去，果然，那楼宇围成的深井里，不知何时飞进了一只鹰。它显然是被这玻璃幕墙组成的洞穴或深井搞蒙了，它在无数块玻璃上看到自己的侧影，如坠梦境。小马甚至能感觉到它所扇出的焦躁的气流，这是一只幼鹰吧，如初入社会的年轻人一样带着无名的渴望与不安，以及那种不知出路何在的淡淡忧伤。鹰在迷茫中翻飞良久，直到夕阳缓缓吐出紫色的余烬，终于，鹰走了，它找到了这铁桶般的包围间的缝隙，呼啸而去。

　　不知为什么，小马在那天工作结束时，内心找到了久违的安宁感。

　　现在小马的主业还是刷洗高楼的玻璃幕墙，淡季时，他会到广西去当洞穴探险游的向导。在那里，有深达百米的坑洞在等着探险家和摄影师们，如大地上的一只只绚烂深瞳。小马腰系保险绳率先下探到坑底，用头灯照亮洞中的一切：喜阴的植被结出了妖冶的果实、彩色的石钟乳、灰褐色和灰紫色的燕子窝、地下河、成百上千的蝙蝠，还有偶尔蹿出的一只鹰。

　　走了这么远，小马见到鹰时还疑心是旧友重逢，是他 20 岁那年在城市楼宇间见过的那只鹰？别来无恙啊？

安妮的钻石耳环

文／（台湾）詹育彰

安妮到诊所来告诉我她被诊断出肺腺肿瘤时，我被这个突如其来的消息震得呆住了，几度张口欲言，却又找不到话说。

静静对坐了一会儿，沉重的氛围里，还是安妮先开口："所以啊，我还有什么好节食的，"她吃了一大口手中的冰激凌，自嘲地笑笑，"以后只怕想胖还胖不起来呢！"

当我们的健康面临了威胁，生命中各项事物的轻重缓急、排序会忽然重整。原本重视的外观，似乎在一瞬间，变得那么微不足道。在生命中更巨大的苦恼面前，身材、肤色、皱纹，都失去了重量和形状。为这些渺小的问题而担忧烦恼，竟突然变得那么可笑！

"那么，你今天来是要？"我一边犹豫地问，一边脑海里杂乱的思绪纷至沓来，想不出我能帮她些什么。总不会是要来做医学美容疗程的吧？现在做这些有意义吗？

"我想要镭射穿耳洞。"安妮的声音把我拉了回来。

"啊？"我的世界还在天崩地裂、摇摇欲坠，一时无法思考可能的关联性。

"是这样的，我有一对很漂亮的钻石耳环，可是没有耳洞，一直无法佩戴，"安妮闲闲地说，"到时候化疗开始掉头发，我想戴着那耳环，闪闪亮亮的，闪得让那些来看我的人，都忘了我没有头发。"语句里虽然难免有一丝丝苦涩自嘲，但她说着说着却笑起来，笑得像个期待着礼物的小孩。

就是那个坚强的笑容，让我摇晃崩散的世界重新归位，再次稳定了下来。

喧嚣扰攘的俗世、庸碌短暂的生命，有什么东西到头来不是虚幻的？就像安妮的钻石耳环，如果从不佩戴，不就只是帮别人保管了一辈子？我们的人生，不管走到了哪里，遇到了什么，总要尽力让自己走得开心、走得漂亮吧。

安妮前几天又到过诊所，来治疗因药物副作用所造成的青春痘。因为选择使用标靶药物治疗，没有用到化疗，所以依旧一头长发、神采奕奕，衬着耳环，更漂亮了。

乡下姑娘

文／莫小米

　　我的一位男同事出差上海，在酒吧跟朋友聊天。对方说，最近认识个女孩，蛮有意思，叫过来一起坐坐？

　　电话过去，女孩来了。一看，打扮还算得体，但基本是便宜服饰，长相中等偏上，红扑扑的脸色，微胖，像是个乡下姑娘。一开口，没错，是。

　　因为是乡下姑娘，我同事就说了：甜品加果汁，好不好？说着就招手唤服务生，心想她一定认可，没想到会另有要求。

　　乡下女孩说：甜品免了，来个咖啡就好。

　　同事想，乡下姑娘，懂什么咖啡？摆谱吗？噢，多半是受了城里女孩影响，怕胖。

　　咖啡上来，抿了一口，居然说：嗯，不太正宗。同事颇感吃惊。她说出理由，同事更为吃惊——说到了点子上。

　　第一印象，大致如此。后来得知，当时她正

参加一个面包糕点烘焙技艺的培训，是一家公益机构专门为贫困学生提供的免费机会。

大约半年后，上海朋友来杭州，问我同事，可记得那位乡下姑娘？记得，怎么了？

她的一个举动，让所有人不理解，又让所有人佩服。烘焙培训结束，因为成绩优异，姑娘又得到了在一般人看来是极佳的机会，她可以去法国免费学习一年，条件是：回国后，要为那家法式面包店服务三年。她放弃了。

连最关心她最看好她的老师都惊异了，为什么不去？姑娘回答，因为我不想去啊。我就是想做出大家喜欢的面包、糕点，出国，我没有兴趣。

老师说："去法国可以学习做得更好啊。"姑娘说："在中国也可以学习做得更好啊。"

老师只能表示佩服。真的，去法国或许可以开阔眼界，但最终做得怎么样，的确和人在哪里没有必然关系。况且互联网时代，只要有心，哪里不能开阔眼界？

联想到现在不少城市的中国父母，不管孩子意愿，不管何种途径，只要将其送出国门，似乎就是目标。相比之下，一个乡下姑娘，反倒有她的坚定性，她的选择，出发点更简单，受外界影响更小。

表扬别人时，请说"你很努力"

文／白龙鱼服

在过去的十年里，美国斯坦福大学的心理学家卡罗·德威克和她的团队，以十几所纽约公立学校的学生为对象，来研究表扬对学生的影响。

他们选取了400名五年级的学生，将他们分为两组，让他们完成一个"把图画得最清楚"的实验。这个实验非常简单，每个学生都能做好。当学生完成测试，研究者会告诉他们分数，然后用一句话表扬他们。一组表扬他们的智商，跟学生说："你一定很聪明。"另一组则说："你一定做得很努力。"

随后是第二轮实验。实验开始前，这些学生可以选择比之前的测试更难的题目，也可以选择和之前的测试难度相同的题目。结果，被表扬"很努力"的学生中有90%选择了更难的测试，而被表扬"很聪明"的学生大部分选择了难度相同的测试。

在接下来的第三轮实验中，所有参加测试的学生都必须参加一个难度超出个人实际水平的测试。可想而知，没有几个人能完成。但是，之前实验中随机分配的那两组学生再一次表现出了不同。那些被表扬"很努力"的学生认为自己失败的原因在于没能集中精力，所以在接下来的实验中，他们更愿意集中精力去尝试每种解决问题的可能，而被表扬"很聪明"的学生则认为自己失败的原因在于自己的智商。

在最后一轮测试中，题目的难度和第一轮相同，但被表扬"很努力"的学生的成绩提高了大约30%，而被表扬"很聪明"的学生成绩则下降了约20%。

对这样的结果，德威克认为："强调努力，给了学生一个可控的变量，他们发现自己可以控制成功与否；强调聪明，则剥夺了这种可控性，并且也不能成为应对失败的好处方。"她在研究总结中写道："当我们表扬学生的智力时，相当于要他们表现得聪明些，不要冒险犯错。"这也正是被表扬为聪明的学生所做的：他们选择保持聪明的形象，避免了形象受损的风险，一旦他们失败后，就会怀疑自己根本不聪明，而被夸奖"很努力"的学生失败后则会认为是自己不够努力。

后来，德威克在重复实验时，将每个社会阶层都纳入了自己的实验，最终都得到了同样的结果。不论男女，连学龄前的孩子也未能幸免被表扬聪明后带来的负面效应。

所以，下次你要表扬别人时，不要再说"你很聪明"了，应该说"你很努力"！

什么都不怕，就怕人

文／曹　浩

　　社交恐惧看起来是对某些人的排斥，实质上是自己对自己的排斥。对自己的不喜欢又怎么能逃得掉呢？于是社交恐惧引发的内心痛苦、羞耻感、自我否定，甚至是自我憎恨会让很多人吃惊。

　　慧，22岁，秘书。她对我说，她最害怕在公共场合发言，一到开会，面对众目睽睽，她就有窒息的感觉，难以自抑。她从小就是个内向寡言的女孩子。中学的时候，她暗恋上了班长杨，但她发现杨喜欢泼辣积极、外向活泼的女生。正好到了班干部改选，慧想参加，希望通过自己的努力来博得杨的好感。她积极准备，花费了很多心血，就连手势表情都对着镜子一丝不苟地演练过。到了班干部竞选的演讲会场，慧走上台突然发现杨并没有来。刹那间，她的大脑一片空白，仿佛是一条冲到沙滩上的鱼，艰难地张着嘴，却什么都说不出……结果可想而知，慧不仅完全失败，还成为同学间的笑谈。后来，慧在公众场合一发言就紧张、焦虑。

　　其实，一次演讲的失利，慧应该有心理准备。一向性格木讷的她，怎么会一夜之间变得夸夸其谈？即使是伶牙俐齿的人也会出现一时失语忘词的情况。问题的关键是，她把这次演讲的成败与自己的感情得失联系起来——在演讲时由于过分紧张焦虑而导致的感知障碍，比如大脑一片空白、张着嘴说不出话来等，本来是正常的生理反应，却被人为扩大化，以致造成了心理障碍。

每个人诱发社交恐惧的事件并不相同，但最终呈现出来的心理状态却是相同的。那些对自我要求过于完美、太在乎别人看法、心理素质较差的人最易被社交恐惧所困扰。

害怕社交的人也是缺乏社交原则的人，下面两个原则被认定为社交的普遍原则。

一、快乐原则，主动与人分享快乐，自己也收获快乐。反之，如果把敏感、多疑、焦虑与人分享，收获的就是痛苦与恐惧。

二、对等原则，你帮助了别人也要给人机会帮助你。一个总帮助别人却不愿被别人帮助的人慢慢地会没有朋友，一个总希望别人帮助却无心去帮助别人的人也会慢慢失去朋友。用这两个原则进行社会交往，在社交中的担心就会大大减轻。

人不是因为年长而应付自如，而是因为学得了情绪管理的能力，学得了一系列变"客场"为"主场"的技巧，才有了顾盼生辉的魔力。往深处说，在一个陌生的场景里，人人都有恐惧。几乎所有人都曾在某个社交时刻被突来的恐惧感所击中，那些神采奕奕的政界明星，也有手心出汗词不达意的时候。但明星们的伟大之处，就在于他们克服了一瞬间的羞怯和动摇，再次进入了如鱼得水的境界。

别人都是为你而来

文／（台湾）张德芬

投射是心理学很流行的名词，指的是，我身上内在有的一些特质（比如小气、嫉妒、懒惰、不守信等等），我不承认，或是被我压抑了，也有可能是我其实很排斥这种特质，于是我"故意"看不见它们。但是，我可以轻易地在别人身上看到，然后，我会起反应，并且予以谴责。

举例来说，我曾经梦到某个人。我的老师在帮我解梦时就问我："你觉得他有什么特质？"

我说："我觉得他是一个阴险、卑鄙的小人，自私、贪婪。"

我真的很不喜欢他，就连看到他的相片，我都会由衷地生起一股厌恶感，他的眼神，尤其令我感到不舒服。

没想到老师说："这些都是你有的，也就是你的阴影。你投射在他身上，所以你这么讨厌他。"

我怎么可能是个阴险、卑鄙的小人呢？自私、贪婪更是我在自己身上最看不到的特质。我从小就耳濡目染，或是被我妈耳提面命地说："不可以做一个阴险、卑鄙的人。自私和贪婪都是很不好的。"因此，我从小就决定，一定不要做这样的人。

我们每个人其实都代表着一幅太极图：一半黑，一半白。我们一直被教导着要活出白色的一面，黑色的那一面就被压制下去了。然而，我们生活在一个二元对立的世界里，有黑有白，有高有低，一面缺失了，另一面就不可能存在。

我们刻意压制黑的那面的结果，会为自己在外面的世界中树立很多"敌人"，同时，我们不可能彻底地接纳真实的自己。你的能量，有很大一部分会被调去遮盖、闪躲、压制那个你不想看见、不愿接纳的自己。但是，当你全然接纳真实的自己时，所有的特质都会在正面的光明中被转化。另外一种情形就是，如果你觉得某人的行为很不顺眼，比方说，说谎欺骗别人，误解别人还理直气壮，或是欺善怕恶等，你会去批判他。如果你对这些行为特别痛恨，那就表示，你曾经也有过这样的行为，虽然表面上你没有觉察到，可某个部分的你是心知肚明的，所以，那份对自己的谴责就会力道加大地转向别人。

因此，下次你讨厌某人，用一些不好的言辞尽情批评他的时候，可要小心了，你说的都是自己。

如何接纳真实的自己呢？最简单、最快速的方法就是宽恕。借由宽恕你不喜欢的人，接纳别人的过错来原谅、接纳自己。所以，有人说，你周围的人都是为你而来的，他们扮演了两个角色：一个是扮演镜子，让你看见你不想看到的自己。另外一个角色就是扮演老师，让你学会你的人生功课，其中最常见的功课就是宽恕。如果没有人需要你宽恕，你是学不会这门功课的。

说具体的话

文/米　青

一位友人说："我最不喜欢别人说'哪天有空时吃饭吧'，不说哪天，因为没有诚意，不如不说。"她说起《舌尖上的中国》导演陈晓卿一句关于餐馆的妙语：选餐厅吃饭一定是越具体越好，比如炖汤馆，那一定得进东北炖汤馆，因为一定是粗大的筒骨，炖出来的汤又白又有粗犷的原味……越具体越好，一含糊就没门儿了。

她谈起自己的先生，他对小孩说话相当具体。比如小孩晚上突然想吃香蕉，他会说：今天晚了，明天晚上我们去超市买。孩子想去北京，他会说：这个月底的周末，我的资料审批下来了，我们就去。小孩说想吃牛排，他会说：周五的下午，你放学早，我们早点去吃，免得人多。说得相当具体，所以，他和孩子间很好交流，因为小孩对他很信任，他总在说大人话，很认真对待小孩的要求，孩子回答得最多的一句话是：我知道了。很懂事的样子。

这个"具体"让我非常有感慨，越具体真实越省力，小孩自然就没有那么多激烈不满的行为，因为事事都可以讲得清楚，没必要激烈。为什么有的小孩那么不懂事，不知体贴，因为他感觉不用这样耍赖的方式就得不到他想要的东西，因为父母总在撒谎，总是漫不经心。很多家长对孩子说的话，要不就是否定；要不就是，这么晚了，改天再说啊；要不就是批评一句，你怎么想起哪出是哪出……什么样的因就有什么样的果。

一位从德国回来的朋友做得特别好。有次我向她问一件事，她给我两个选择，还把各自的优势分析给我听，让我自己选择，相当具体。

现在，我和朋友约见面时，通常是这样问："今天天气很好，下午几点到几点我有空，你若有空，一起见个面吧。"相当具体，对方也很好判断，有空或没空，有无兴趣去。如果没有其他事，我们的对话通常是就今天，正如亦舒说过："什么事就在今天。想约人喝酒就在今天，因为明天的心情、环境都不一样了，一切都变了，不如就在今天。"

友人讲起她去菜场，总是喜欢去一位老婆婆那里。因为她不说自己的菜怎么好，她很具体，介绍这个菜浇了什么自制肥料，怎么样制肥料才会环保又省力。友人说，一吃她的菜眼前浮现的是她种田的情景，生动得不得了。

另一位友人喜欢旅行，跟她聊起来，她从不聊自己的感触，只说：如果你喜欢早起，那么你可以选择去哪条巷子的老式茶楼吃个早餐，特别好；如果你对住客栈有讲究，那么住在哪条巷子的酒店，窗前有树，风景很不错；推荐你坐火车去，时间不长，沿途可以在哪个站下去，买到当地的烤饼……那一次，我因为吃到了她推荐的中途站台的烤饼，觉得那趟旅行真的很值。所以，我最喜欢跟她聊天，因为信息很具体，她不说虚的。

具体一点，你会更受欢迎。

你擅长缺点推销吗

文／苏 芩

提到"推销自己"，一般人立马会联想到商场里促销新品的场面："这是最新款的面霜，能让你的每个毛孔都感受到水汪汪的滋润。""这是新出的曲奇饼，味道好而且健康。""这是最新型的洗衣机，健康杀菌还省水。"

发现没有，这些推销，全部都是"优点式"推销。

很多人会说了：推销，不就是要尽力把自己的优点传达给对方吗？

是，但不全是。全优点式的推销，早已过时了。不然我问你：如果我把一件商品说得十全十美没有任何一点点陋处，这样完美的货品，你信吗？

当然不信。但凡商场里，被促销人员说得天花乱坠完美无瑕的商品，销量都不是最好的。真正销量好的东西，都是被人拿出缺点来谈事儿的：这洗衣机挺省水，就是价钱高一点；这款电脑适合家用，就是耗电多一点；这张桌子线条很美，就是占地面积稍大一点。

在被告知"缺点"的同时，顾客脑袋里其实在做选择：是向购买价格妥协，还是向每月的水费妥协？

这就是"缺点式营销"的优点：在告知他缺点的同时，其实就是启

动了他心中的电子秤，反复比较优缺点，这种比较，很容易就让他把这件商品当成了自己的购买对象。毕竟，一个人对某样商品投入心思越多，选择的几率也就越大。

而全优点式营销的缺点则是：只把全部优点告诉给对方，这样购买对象只能做出"买"或"不买"的选择：相信你的"完美推销"，便买；不信，便不买。

做人，也是一样的道理。

绝大多数人都喜欢在外人面前恭维自己的人。自己的好要自卖自夸，自己的不好就等着别人来慢慢发现。实际上，这是极傻的做法。

聪明的人，会事先把自己的缺点告知给对方，"我这人动作比较慢"、"我这人耐性比较差"、"我这人脾气不好，经常对身边人大吼大叫"等。

也许他身上的毛病不止这一两点，也许还有许许多多的坏习惯比这更甚，但听他亲口说出自己的缺点后，周围人会相信他，至于他身上另外那些更不堪的毛病，就因此被大家忽视淡化了。

为人处世，要懂得有效地引导他人关注你所指出的自身缺点，因为这些缺点通常是你早有准备的、能应付得来的，说到底，这些东西不会对你产生太负面的影响。先把它指出来，在别人的心理上已经产生了一定的免疫力，此后，他们给你挑错找茬的心思，就会少很多。

如果，你身上的缺点要等着别人慢慢来发现，那你一定是个失败的社会人，至少，每一次的人际战役，你都是无准备地应战。

识人"十条军规"

文／安东尼·詹　　编译／康欣叶

无论是日常生活还是职场，我们都要和人打交道，然而，公正地看清一个人并非易事。如何通过第一印象迅速对人做出判断，以下 10 个关键性问题可以帮助你。

1. 这个人用来表述与倾听的时间比例是多少？大家都喜欢自信又不惧怕表明立场的人，但如果一个人表述与倾听的比例高于 60％，这个人是过于自大，还是他只是怯场，导致说话杂乱无章，漫无边际？

2. 这个人是能量的给予者还是获取者？有一种人的身上总是散发着正能量和乐观情绪。正能量的给予者富有同情心、慷慨大度，他们会是你立刻想要共度时光的人。

3. 面对任务，这个人比较倾向"反抗"还是"行动"？有些人在接受任务时，会立即进入防守性、批评性状态。另外一些人会立即行动，进入解决问题的模式。

4. 这个人给人的感觉是真实可信还是阿谀奉承？那些虚假的赞美，无法让人感觉良好。真正优秀的人不需要巴结他人上位，那些敢于做自己的人，才是工作环境中令人愉悦的伙伴。

5. 这个人的配偶是什么样的？俗话说得好，物以类聚，人以群分。

6. 这个人如何对待陌生人？仔细观察一个人是如何对待与自己素未谋面的人，是否表现出应有的大方与厚道。

7. 这个人过去是否有遭遇挫败后重新振作的经历？研究发现那些在性格成形时期经历过困难的人，有2/3会在后期形成"勇气主导型"人格。比起过早的成功，早期失败与磨难对于后天的人格养成，起着非常重要的作用。

8. 这个人读过哪些书？阅读能发人深省，帮助一个人了解历史，开阔思路，激发新思考，还能帮助你紧跟时事动态，阅读是求知欲的最佳体现。

9. 你能否忍受和这个人同坐长途车？这也是"飞机场试验"的一个变体：试问自己，当你和一个人同困于飞机场时，你的真实感受会是如何？相似的问题还包括，你是否可以和这个人一起完成公路旅行？

10. 你觉得这个人是否有自知之明？这个人是否可以正视自身的优势与不足？他能不能根据对自身的了解采取措施？这样，能判断出一个人是否谦卑，他的所想、所说、所为是否一致。

要想认清一个人，尝试着问这10个问题或者其中的几个，你就能做到窥一斑而知全豹。

做人，也是一样的道理。

做最好的内向者

文／　[美]苏珊·凯恩

9 岁的时候，我第一次参加夏令营，与别人不同，我的行李箱里面塞满了书。

你可能觉得我不爱交际，但是对于我来说，这真的只是接触社会的另一种途径——享受家人静坐在你身边的温暖亲情，同时也可以自由地漫游在你思维深处的冒险乐园里。我希望野营也能变成这样子，十几个女孩坐在小屋里，惬意地享受读书的过程。

然而，从第一天开始，老师就把我们集合在一起，并且告诉我们，在野营的每一天我们都要大声的、喧闹的、蹦蹦跳跳的，让"露营精神"深入人心。虽然这并非我愿，但我还是照做了。

晚上，当我第一次拿出书的时候，屋子里最酷的女孩问我："你为什么这么安静？"第二次拿出书的时候，老师来了，重复着"露营精神"有多重要，并且说，我们都应当努力变得外向一些。于是我收起书，把书放在我的床底下，直到回家。我对此很愧疚，就好像是书在呼唤我，而我却放弃了它们。

这样的故事，我能讲出 50 多个版本，它让我认识到"外向"已成为趋势，但内向性格就是次一等的吗？要知道，世界上每两三个人中就有一个内向的人，而他们都要屈从于这样的偏见，一种已经深深扎根的偏见。

为了变得外向些，我的第一个职业是律师，而不是一心向往的作家。一部分原因是因为我想证明自己也可以变得更勇敢，所以做出了一些自我否认的决定。这就是很多内向人正在做的事，但这是我们个人的损失，也是我们所在团队的损失，更是整个世界的损失。我没有夸大其词，因为内向的人本可以做得更好。

真正的"内向"到底指的是什么？它与害羞是不同的，害羞是对社会评论的恐惧，而内向更多的是对于刺激所做的回应。所以，当内向性格的人处于更安静的、更低调的环境时，才能把他们的天赋发挥到最大。

然而我们最重要的体系，比如学校和工作单位，这些都是为性格外向者设计的，有着适合他们需要的刺激和鼓励方式。举个例子，现在典型的（西方）教室，是让六七个孩子面对面围坐在一起完成小组任务，甚至像数学、写作这些需要依靠个人想法完成的课程也是如此。那些喜欢独处，或是乐于自己钻研的孩子，常常被视为局外人，甚至是问题儿童。而且大部分老师都相信，最理想的孩子应该是外向的，甚至说外向的学生能够取得更好的成绩。

同样的事情也发生在我们的工作中。绝大多数工作者都工作在宽阔且没有隔间的办公室里，他们暴露在这里，在不断的噪声和同事的凝视下工作。

其实，历史上很多杰出的领袖都是内向的人，富兰克林·罗斯福、罗莎·帕克斯、甘地等，他们都把自己描述成内向的、说话温柔的人，但他们依然站在聚光灯下，是真正的掌舵者。事实上，那些擅长变换思维、提出想法的人，有着极为显著的偏内向痕迹，而独处是非常关键的因素。

事实上，几个世纪以来，我们已经非常明白独处的卓越力量，只是到了近代，我们开始遗忘它。如果你看看世界上主要的宗教起源，就会发现它们的探寻者：摩西、耶稣、释迦牟尼、穆罕默德等，那些独身去探寻的人，在大自然中独自思索，才有了深刻的顿悟，之后他们把这些思想带回社会。

当然，没有谁会说社交不重要，也不意味着我们都应该停止合作，内向安静的斯蒂夫·沃兹尼亚克和激情四射的史蒂夫·乔布斯联手创建的苹果公司就是最好的例子。我只是希望大家知道，越给内向者自由，让他们做自己，他们就会做得越好！

不论是内向者还是外向者，我有三个建议。

第一，停止对团队协作的执迷与疯狂。思维碰撞、交换意见很棒，但是我们需要更多的隐私和更多的自主权。

第二，到野外去打开思维，就像佛祖一样，拥有你自己对事物的独到想法。这并不是纵容你躲避，而是帮助我们思考得再深入一点。

第三，看看你的旅行箱内有什么东西？内向者很可能有保护一切的冲动，但是偶尔地，希望你们可以打开手提箱让别人看一看，因为这个世界需要你们所携带的特有事物。

瓷砖碎了，还是白的

文／卢十四

一个家庭里，主妇总是最爱整洁，最擅收捡，所以在过去的很多年里，我一直将妈妈的此种表现视为理所当然。直到我工作后，结交了许多朋友，拜访了许多家庭，才发现：即便在所有的主妇当中，我妈爱整洁的程度、收捡整理的水平，也难有匹敌。

邻居胡阿姨和我们家关系很好，常来串门。有一次，胡阿姨在闲聊中说："徐老师家里啊，厨房永远那么干净。有块瓷砖都已经碎了，还是雪白的。"我听了以为是夸张，后来跑到厨房一看：果然，窗台上有块瓷砖已经破碎不堪，但洁白胜雪，一尘不染。这一细节我平日不是没见过，居然熟视无睹，不以为奇。

我妈职业生涯的最后十年，担任了所在小学的教导主任。她工作中的一部分重要内容是和大量单据、文件、表格、档案打交道，这种琐碎平常的工作到了她手里，居然做出了知名度：整个区教委，无人不知××小学的徐主任，手中各种材料完备齐整，应有尽有。

某一年，小学调来了新校长，下车伊始，难免有些紧张兮兮。上任没几天，新校长发现其他人都对我妈言听计从，不由自主就想多了。那段时间，新校长经常向我妈下达一些突然袭击式的工作任务。我妈虽有些讶异，但一点没被难住，常常是在校长下达任务的瞬间，就迅速从一堆文件夹里准确抽出一份："呐，这就是。"结果几次三番，挑不出我妈任何毛病，也就没了脾气。再后来，我妈成了他最倚重的下属。

可我妈妈所做的这一切，就和家里那块碎了依然雪白的瓷砖一样，并未从一开始就引起我的注意。几年前，我无意中对我妈说："要说工作能力，你也并不是特别强，但你做什么都比别人更认真，所以你总能比别人做得更好。"不料这句话得到了我妈的热烈反响，她觉得说到了她的心坎里，"我这辈子，工作上靠的就是个认真。"

又是几年过去了，我渐渐改变了看法，我眼见许多大城市体面行业的年轻白领，受过良好的教育，有出众的能力，工作时态度很职业，却在简单的日常工作安排中表现得一团糟。有一次，我看着一位女同事在堆积如山的文件里东刨西找，花容如土，不由得想起了我妈。我妈出身农村，没上过高中，生活在三线小城市，当了一辈子小学教师，可是在眼前这件事上，她不仅强过我这位女同事，也一定强过整个办公室里所有人。

长于收集整理，是多么默默无闻的技能啊。它不是那种闪亮夺目的技能，可以轻易炫出来赢得喝彩。但如果你身边有这样一个人，总是那么细心负责，条理清晰，化繁为简，那么你与他相处越久，就越会为之所动，从中受到启迪。

今年春节，我终于当面对我妈说："妈，你绝不仅仅是工作认真。你就是工作能力强。"

德之贼

文／鲍鹏山

子曰："乡愿，德之贼也。"（《论语·阳货》）

《孟子·尽心下》："孔子曰：'过我门而不入我室，我不憾焉者，其惟乡原乎！乡原，德之贼也。'"

不得中行而与之，必也狂狷。狂者进取，狷者有所不为，这些都是有个性、有原则的人，可入益友之列；而乡愿之人，便辟，善柔，便佞，适是损友。在孔子眼里，此类人毫无价值，对这类人过门不入而无憾。李贽《与耿司寇告别》："若夫贼德之乡愿，则虽过门而不欲其入室，盖拒绝之深矣，而肯遽以人类视之哉！"简直不把此类人当人了。

孔子骂过不少人，但我以为，在孔子所骂的人之中，这种人最可恶，最该骂。

徐干《中论·考伪》："乡愿亦无杀人之罪也，而仲尼恶之，何也？以其乱德也。"

为什么"好好先生"的乡愿，是"德之贼"？我们来分析一下。

我们身边有一位"好好先生"——

当你做好事时，他的态度无足轻重，因为我们做好事，不是为了听别人说好话，况且这种永远在说人"好话"的人的"好话"，值几个钱？

当你做了坏事时，别人可能会批评你，指责你，甚至惩罚你。唯有他不得罪你，你会觉得他好。

当你受了坏人欺侮时，他固然不会说你坏，但他为了做"好好先生"，也不会制止或批评坏人（正如你做坏事时他不批评你），甚至他反过来劝你要宽容一些，想开一些，让你理解体谅坏人坏事。

把上面几点一综合，我们就可以看出，所谓"好好先生"，就是永远在坏人坏事面前"好好"的人，他永远不得罪坏人，永远抹杀是非界限，永远没有原则，并用他的抹杀是非和无原则，鼓励、纵容、包庇坏人坏事，在他那里，天下没有是非也没有正义。他永远不会站在正义和善良一边，他只是劝说好人受害者受压迫者受侮辱者：要理解、宽容甚至感谢坏人施害者压迫者侮辱者！

这种人绝顶的自私，绝顶的懦弱，绝顶的孱头，绝顶的卑琐，绝顶的伪善，绝顶的缺德——他可不正是"德之贼"！

人要堂堂正正，就要是非分明，爱憎分明，敢说敢做敢承当，这才是君子哪！

孟子对这种"德之贼"也曾大张挞伐，骂得比孔子更具体，更一针见血："同乎流俗，合乎污世。居之似忠信，行之似廉洁。众皆悦之，自以为是。"（《孟子·尽心下》）

鲁迅和孔子一样，对这类人也深恶痛绝，以至于在他的遗嘱里，竟然有这样的一条：损着别人的牙眼，却反对报复，主张宽容的人，万勿和他接近！这不正和孔子"虽过门而不欲其入室"一样，避之如瘟疫嘛！

正派正直正道直行正大光明的人，愿意正派正直正道直行正大光明地活着的人，不可能不痛恨这种人！

大卸八块读书法

文/李 敖

我的本领很多，看家的本领是什么呢？看书。书，大家都会看，可是这里面的巧妙各有不同。英国文学家、思想家、诗人柯勒律治，他讲看书有四种类型：第一种是海绵型，读书时他可以把看到的内容全部吸收，然后又几乎原样吐出来，有点荒腔走板，可是基本上能够消化吸收；第二种是沙漏型，看了和没看一样，一无所获，只消磨了时间而已；第三种是滤袋型，精华的部分全漏走了，剩下的都是糟粕；第四种是大宝石型，他读书不但自己能够得到好处，还能把这个好处传播出去，使别人也受益。这种读者很稀少，很难得。

一般人一本书拿起来看完以后，再看第二本书时，第一本书就离他远了一点；看到第三本书的时候，第一本、第二本离他又远了一点；到了第十本书，第一本书已经离他十万八千里了。一个人读到第一百本书的时候，他还能记得多少第一本书里的精华？当时花时间看过，可是事后大部分忘记了。我看书很少会忘的原因是我的方法好，什么方法？心狠手辣，看的时候剪刀、美工刀全部出动，把这本书五马分尸。好比这一页或这一段有我需要的资料，我就把它切下来。背面怎么办？背面内容影印出来，或者一开始就买两本书，两本都切开。结果一本书看完了，这本书也被我分尸分掉了。

切下来的资料怎么分类呢？我有很多夹子，在上面写上字就表示分类了，好比我写"北京大学"，夹进去的就全部是北京大学的资料。我不断用这种夹子分类，可以分出多少类呢？几千个类，分得很细很细。一般图书馆的分类，好比哲学类、宗教类、文学类……宗教类又分佛教、道教、天主教等。我分类分得比这个更细，好比"天主教类"还要细分，修女算一类，神父算一类，还俗的又是一类。好比发生了一个跟修女同性恋有关的新闻，我要发表感想的时候，把这个夹子里的资料一打开，文章立刻写出来！换句话说，一本书被我大卸八块、五马分尸完，我并不凭记忆力去记它，而是用很细致的分类方法，很有耐心地把它钩住，放在资料夹里，这样我就把书里面的精华逮到了，这个资料跑不掉了。

有人说李敖知道那么多，博闻强记，一定是记忆力好。我告诉大家，不是我记忆力好，而是我读书方法好。读书的时候一开始就不能偷懒，看完这本书以后纸上还干干净净、整整齐齐的。不对！这本书要大卸八块、五马分尸，进入我的资料夹以后才算真的看完了。如果一本书看完以后还是新的，不算看过，当时是看过，可是浪费了，你不能够有系统地逮住书里这些资料。可是照我这个方法，可以把你看过的书的精华全都抓出来扣在一起。这就是我的"土法炼钢"读书法，看起来笨笨的，可事实上是我的科学方法。

10 天找到工作

文/张光耀

说起求职，其实真的是人生的一段无奈。因为在这之前，我从没有想过有关工作的事情，我就想好好念书，然后出国。

大四上学期考研，我没有去找工作。转眼到了3月，学校的毕业实习是从3月9日开始，我又害怕4月份找不到工作，所以我找工作的黄金时间只有10天，压力很大。

我登陆了宣讲会系统。在那里，我逐条认真阅读了和我专业相关的信息，并制作了《重点关注企业》表格，内容包括日期、公司名称、应聘职位、工资待遇、是否网投、邮箱、宣讲会举办时间地点等。

3月1日，我正式开始求职。3月5日一早，我去面试京东方光科技。去了之后，发现很多华东科技大学的研究生、武汉大学的研究生，这都是什么实力啊？我只是一个武汉理工的本科生。

我们被分成两组，一组5人。HR首先发言，给你们两分钟做一下自我介绍。我们10人陷入了片刻沉默。我果断地说，我第一个发言吧。HR笑笑，问，你叫什么？我叫张光耀。助手挑出了材料给HR。我说，可以用英文自我介绍吗？他说可以。

我只用了49秒英文介绍，HR似乎没怎么明白，反倒是他的助手频频点头。介绍完后，HR 一句下一位。我当时就想，挂了。

后面的应聘者一个个慢慢介绍自己，说自己的项目经验。HR 频频点头，时而看看材料，不时加上两句，并且进行深度问话。本来说好的每人两分钟自我介绍，其他 9 个人，花了 45 分钟。

我把时间记下来，在纸上写对策。最后一个同学说完之后，HR 问了一句，有补充的吗？我立马发言，HR，我能补充一下吗？我首先代表今天这 10 人道歉，说好每人两分钟自我介绍，但实际花了 45 分钟。我作为第一个发言的，没有带好头，对不起。第二，我想为自己辩解一下，我花了 49 秒钟介绍，就是为了给其他同学更多的时间。第三，我想更深入谈谈自己。

HR 笑笑，可以啊。我就讲了自己的项目经历，穿插着 HR 的提问，我详细介绍每一个细节。我一共说了 4 个项目经验。HR 不断地看材料，用笔直接在我的简历上做笔记。我边回答问题边想，我应该能进入下一轮了。

之后，HR 让我们设想自己是一个团队，3 分钟之内设计出队名、队徽、队歌。我直接脱口而出，我们的队名叫"翔梦"，意味着年轻的我们，会通过自己的努力和团队合作，在京东方的领航下，让梦想飞扬。这个名字，是大一时我参加一个团队节目时取的队名，可见，平时的准备多么重要。题目定了，一个会素描的同学开始设计队徽，她首先画了帆，然后是波浪。其他同学不断思考需要添加的元素，最后定稿。关于队歌，是汪峰的《我要飞得更高》。在最后做汇报的时候，我带头唱起了《我要飞得更高》，所有的同学都一起高歌，慷慨激昂。

我是所有人里面最后出门的。我把凳子全部放回原样，然后问 HR 我今天的面试有哪些需要改进的。HR 痛快地说，你带了"三方"（《全国普通高等学校毕业生就业协议书》的简称，是毕业生、用人单位、学校三方在毕业生就业工作中的权利和义务的书面表现形式）没，我们马上签吧。我当时吃惊极了。HR解释说，你的项目经验和其他各方面都不错，就看你敢不敢了，下午带来"三方"，我们就签。

直到下午5点我才知道，我是那天唯一一个被录取并且跳过了之后的技术面试的同学。HR给了我三天的考虑时间签约。

除了京东方光科技，其他面试信息也接踵而来。我投递的20份简历有19份有回音。

这里，我想说的是，找工作其实挺简单。

第一，要有自己的优势。我的英语从大一开始就注重口语练习，所以有了很好的基础，别人一听就觉得与众不同。

第二，专业知识一定要扎实。良好的学习成绩是找到良好工作的必要条件。

第三，多参加活动。曾经活动中的某些闪光点就会帮到你，真的。

第四，有时间参加项目实践。这很重要，单位招人的时候很看重这一点。

第五，主动自信。永远主动，那是你和别人与众不同的基本点。

职场狼角色

文／黄　欢

　　当年流行把大量的管理培训生输入各大公司，他们可能会被派到各个部门去轮岗。根据轮岗的情况，他们和公司在相互的观察中选择他们未来的职业定位，被当成未来的骨干精英来培养。

　　小黄正是一名管理培训生，与大概 10 名同事一起进入公司，被分配到各个岗位。第一个星期，小黄被分配的岗位是前台，同时分配到前台的还有另外一个管理培训生，她们都在前台的岗位上兢兢业业地工作。

　　一周之后，领导召开例行的周会，每个管理培训生都要提交一份自己的报告。和小黄一起被派到工作岗位的小李提交的报告是这样的：前台的工作让我更了解公司，增加了我对公司的自豪感和荣誉感；通过这一星期的工作，我学到了待人接物的很多礼仪。

　　而小黄的工作报告是这样写的：通过这一星期的工作，我发现目前的前台还有许多的不足。第一，作为一家在中国开办的外资公司，我们采用的先用英文问候再说中文的方式是不妥的，因为打投诉电话的顾客或者下游供应商不一定都懂英文，所以一开始说英文会让大家有一种距离感，建议先说一遍中文再说一遍英文。第二，两个人同时做前台也是一种资源浪费，两个人都坐在前台互相不理会显得很不礼貌，难免会说话，这样给人的印象是前台总在聊天或交头接耳，而且两个人一起在前台工作的时候容易造成责任不明、相互推诿的状况。建议前台保持一个人，另一人机动轮岗，当前台中途要离开的时候，另外一个人可以接替上来……

小李的报告一团和气，赢得了大家的掌声，而小黄汇报完，引发了大家的集体沉默。客户部主管觉得自己的工作权威受到了挑战，给小黄打了一个比较低的测评分，大家觉得小黄是一个挑事的刺头，不太喜欢她。

就这样第一个星期的轮岗结束之后，小黄被分配到了仓库。一个星期后，她再次提交了一份引发集体沉默的报告。

第一，她提出仓库管理员因工作清闲常嗑瓜子，然后用带着盐分的手去整理货品，这容易使外包装留下不清洁的印迹，盐分的吸湿特性也会导致化妆品提前受潮。

第二，她发现库管员为了省事总是直接把新产品码进货柜，有人来领货的时候又是就近法则，就近码货、就近拿走，被领用的都是最新入库的产品，而生产日期较久远的货品被长期压在仓库的底层或者里面，造成旧的产品一直被积压，到清库的时候已成过期产品或快过期的货品，只能销毁或降价处理，造成公司损失。

第三，更让人受不了的是，她画了一幅仓库改造图，建议把仓库的进库和出库分两个门，把两个管理员隔开，减少她们在工作上聊天和一起吃零食的现象，把入库、出库账目分开，做清楚便于核对。建议把所有的货柜进行改造，把后部打开，入库的时候就近法则把新产品码堆，出库由相反方向，这样出库的都是相对较早入库的产品，保证了产品在流通的过程中能够在保质期内被优先卖出去。

这份报告被提交之后，库管部门的主管被总经理叫去谈了一次话，仓库的主管受到了批评。而小黄在仓库也待不下去了，同事们开始窃窃私语，觉得她未免管得太宽，太爱出风头。

第三个星期，几乎没有部门欢迎小黄，她被硬性分配到了培训部。她再次捅了一个马蜂窝，彻底得罪了公司培训部督导，差点被要求除名。

原来，小黄同学大学主修时装设计，擅长时装画。到了培训部后，她嫌教材上的人脸图不够漂亮，便利用业余时间把所有的教材重新都画了一遍，顺道把她觉得不够好的讲义也都按她的逻辑修改了一遍。这下麻烦大了，培训部督导是个自负惯了的狠角色，他拿到新教材，直接从台湾飞过来就这个事情对公司进行了投诉。小黄被告擅作主张，自行其是，不尊重团队和领导，无法管理，要求除名。督导直接放话："这种人留在公司必伤团队，她不走我走！"

这个小黄更狠，一句话不说，只拿出了她改过的版本和之前的，一起摊在桌上，问了管理层两个问题：第一，哪一版本更漂亮？第二，哪一个版本更容易学？当场把督导梗在那里。然后，小黄还加上一句："我的工资只有你的十分之一，你该做的不是来质问我为什么改你的教材，而是检讨自己为什么不可以做得更好？"气得督导当场提出辞职。

接着，小黄去了销售部，当月业绩第一，第二名连她的一半都没有做到。气得销售部主管私下召开誓师大会，发誓这样的事绝不可再发生第二次。

那么，大家现在可以来猜一下，这个小黄同学在公司的结局如何？

她的职场人际真的很成问题。可想而知，沙丁鱼们怎么可能欢迎鲇鱼的到来？但这个狠角色，得到了公司的重用，过了三个月试用期之后，用了两个半月直升经理，两年薪水翻了十倍，升至公司在中方的最高主管。

你们可能会说，那是她运气好，换个单位，她可能早已出局。

但实情是小黄同学屡换单位，屡被重用。她无疑是个狠角色，她的存在令沙丁鱼们不安，但也带动了整体的绩效与活力。这样的狠角色未必不是好角色。

多年后，她仍充满争议，许多人不喜欢她。她却也不在乎，她说："我是来做事的，不是来交朋友的。我更关注有没有把事做好。"

今日之职场，你若听到一个同事对你这么说，必然极其反感吧？在大家都提倡先做人再做事的氛围里，很多人把处好职场人际关系看得极重要，恨不得把同事都变成朋友才好。

但是，我始终认为职场战友情固然重要，却绝不能因此姑息，包庇护短，睁一只眼闭一只眼，相互放水。这样的友爱看似融洽，实则可悲，它将导致战场上不敌对手，集体阵亡。

所以，我情愿做那个在平日训练里不断跳出来、一针见血点出问题并督促集体改进的人，如此，大家被逼得不得不动起来。于是，有我的地方必不缺张力和活力。

我没被排挤掉，也没被干掉，我依然鲜活。所以，奉劝过分讨好他人的年轻人一句，不妨做个促进团队提升的狠角色！那是最好的职场捷径，也是个难得有人能胜任的好角色。

愚钝领袖

文 / [日]稲盛和夫　编译 / 巫文嘉

创立京瓷以来，有许多新员工加入公司。当年，京瓷因创立不久，难以招募到期待的青年才俊，但是，偶尔会招募到看似细心谨慎、聪明伶俐的青年。

与这种青年实际共事后发现，他们果然是符合预期的，不仅反应灵敏，且能举一反三。这不禁让人暗自心想，他们将来也许能肩负京瓷的重责大任？或者会成长为技艺精湛的技术人员？

相对地，我们也会招到反应迟钝的员工。他们外表看似不太精明，这种员工在接受上司指令时，反应也很迟钝，让人不免觉得这种青年或许没什么希望。

结果，那些外表灵敏聪慧、让人寄予厚望、期待其能继承公司重责大任的青年们，没过几年就辞职，离开了京瓷。

尽管试着再三挽留："为什么要辞职呢？"伶俐聪慧的他们却回应令人心寒的话："我觉得京瓷没什么未来。"仿佛他拥有预知未来的能力。

相对地，那些外观乍看反应迟钝、让人觉得做事不够心细、未来没什么大作为的青年，却没有辞职，反倒一贯地埋头努力。我个人认为，这些外表迟钝、默默工作的员工们"没地方可去，才会留在公司里"。

我常盯着众多新进员工的脸孔，内心思忖："由于找不到优秀人才，或者找到了也无法久留，所以，公司才无法成长茁壮。"

然而，当我历经40年岁月，重新回过头检视后发现，那些年轻时看似愚钝的人，后来都成长为十分出色的领袖人物。

年轻时，看似资质愚钝的人由于长期持续不断地做同一件事，于是成长为卓越不凡的优秀人才。

我对自己过去的想法，感到十分羞愧，竟然觉得"这类型的人不会成长"。如今，我对自己的这种念头感到羞愧，要向这些人道歉。

逐渐地，有许多顶尖大学毕业的青年才俊进入京瓷。至今，担负京瓷重责大任职位者，有不少人仅高中毕业。这些人，在品格作风上有非凡的成长，他们身为团队的领袖，引导员工前进，促进公司发展茁壮。

换言之，"持续"能让才学平庸的人成为卓越的人物。

在各种领域中，被封为"名人"、"达人"的人士，都经过这番脚踏实地、坚忍不拔的努力，才茁壮成如此的大人物。我想，一开始就显得聪明伶俐、反应灵敏、才华洋溢、无所不能的天才并不多。投注一生的精力在一件事上，且专心致志、不厌其烦地苦干，这种人势将成为众所称颂的"名人"、"达人"。

人的心灵，需要透过专注一件事、投注精力，且接受磨炼，始能成长茁壮。

两套方案打天下

文/张 琦

　　部门实习生小可带着新写好的软文来找我审定。我看了一遍，告诉她稿子写得太干巴，缺乏细节和案例，要她回去修改。听了我的话，小可诧异地"啊"了一声，然后委屈地告诉我，自己最初写的版本引用了不少案例，而且细节方面也有所展开，只是组长看后嫌她写得太繁琐，要求把案例全都删剪掉，再三精简之下，才变成了现在这个版本。

　　看着眼前这个满脸委屈的姑娘，我提醒她说："那还不简单，你快去把原来的方案拿来给我看。"没想到听了我的话，小可的脸色变得更难看了，她嗫嚅着解释说："被组长否定之后，原来的方案已经在修改中被覆盖掉了，只剩下现在这个版本。我不知道你们的意见这么不统一，

我以为组长提的方向跟您是一致的，觉得原来的版本也没什么用了，所以就……"小可怯怯地解释道，新人的窘迫在她脸上显露无遗。

看着小可后悔的样子，我感到好气又好笑。我想骂她怎么连随时存档这样的基本问题都不懂，还想告诉她在我们这个行业，每个人都有自己的主观看法，大家的观念不同是很正常的。但最后，我什么都没说，而是从抽屉里找出了一个优盘插在了电脑上，然后示意小可打开看一看。

小可疑惑地趋前几步，在我的示意下点开了优盘里一个叫作"稿件存档"的文件夹，里面存储着我入行以来写过的所有文案和稿件，每一个都有 A、B 两种方案，当然，更多的时候还存在 C 方案、D 方案、E 方案甚至 F 方案。在浏览这些方案的时候，我看见小可的眼睛亮了一下，关掉文件夹之后，她低着头告诉我："主任，以后我知道该怎样做了。"

小可离开办公室之后，我盯着那只优盘看了好久，想起了自己做新人时的那段岁月。那时候，我刚从一所二流院校的中文系毕业，还是个笨头笨脑的傻丫头。我的第一份工作是在公关公司做文案，那时候，对我来说最大的困扰就是不管我怎样努力，都无法做到让所有人满意。同一篇宣传软文，客户、上司和媒体可能会提出三种不同的意见，他们的要求像三座大山压得我喘不过气来，我试图将他们的意见融合起来，但却发现这种想法完全不切实际，因为很多观点根本就是背道而驰的。而我偏偏又是个不够灵活、不懂变通的姑娘，根本不知道要怎么处理这些不同的意见。无奈之下，我便选了一条笨路子，那就是：根据不同的意见撰写不同版本的文稿，然后将它们汇集起来交给上司定夺。最多的一次，我写过 6 个版本，一个按照上司的意见来写，一个按照客户的要求来写，另外几个则分别加入了媒体的要求、个人的创意和流行的元素，还有一个版本，我在综合考虑各方意见的前提下尝试了新的写作方法，当然这样一来，文稿的针对性就有所下降。最后，我把 6 个版本全都交了上去，大家经过权衡比较一起敲定了一个最合适的方案。

当然，这样干的弊端就是我的工作量倍增，同样的任务，我可能要付出比别人多几倍的时间和精力，但是一段时间以后，我却发现自己的专业能力得到了飞速的提升，当别人在领导的骂声中一遍遍将文案改来改去的时候，我却往往能将工作一次性搞定。

后来我跳槽到了业内一家知名的广告公司。在参加面试的时候，公司要求我提供一部分个人作品。看过我提供的书面材料，部门经理提出了几点写法上的不足，于是我在电脑上调出了自己的电子存档，把不同版本的作品传给经理审阅。

看到那些写法、角度各异的文案，那名经理惊呆了，当即拍板留下了我。后来他告诉我，面试过那么多求职者，我是第一个那么干的！

后来我又换过两次工作，并且慢慢升了职，成为别人的上司。但即便如此，我还是保持了在工作中多做几个方案的习惯，因为我知道，与其努力去揣摩他人的心思，取悦自己的客户或者上司，不如多做一些尝试，掌握各种问题的处理方式，最大限度地拓展自己。

没人稀罕群发的爱

文／黄　欢

　　一天，人事部招聘主管收到一封情书。大家围过来闹着拆情书，才发现里面是封简历，附带一张卡片，上书："我对贵公司心仪已久，请给我一个表白的机会！"这是我给我一朋友出的主意，他也因此顺利入职，因为这种出人意料、让人难以忘怀的表现形式正是一个优秀公关需具备的特质。

　　我的一个朋友，当年他很想去做广告，但没有经验，于是用一个很精美的信封寄他的作品集，封面印着 ONLY　U。你打开信封，第一页空白，第二页空白，第三页空白……第十页，总算有了字，"我是一张白纸，所以等你来填！Free，不要钱！"他因此得到了一个实习机会，果真，半年没拿过钱。他后来成了奥美的创意总监。那份简历给了他起步的机会。

　　我曾断断续续地收到过一个年轻人的日记。"×年×月×日，

阳光明媚，一如你的笑容，你一直都这么爱笑吗？独自走着都带着笑意……""×年×月×日，10点了，你的员工才陆陆续续到来，是因为加班的缘故吗？""×年×月×日，今天又看了你发布的网站架构，我觉得有一个问题……""×年×月×日，我做了一个关于你公司网站的企划，供参考……"一开始我没在意，只是开始在公司会议上讨论他提出的问题和建议。再后来，我起身跑到公司对面的创意仓库大堂去找一个端着电脑独自坐着的年轻人，直接问他："你愿意跟我谈一谈吗？"

你写过情书吗？哪怕最笨拙的表白者，也知道写情书的时候来点特别的。绝不会随便找个毫无创意的模板，把对方名字和你的名字、生日、简单经历往上面一填就寄出去，对吧？好的自我营销是精心设计的、一对一的诚恳。

我曾通知一个小朋友来面试，她问："不好意思，可以问一下你们是哪家公司？什么时候收到我的简历的？因为我发了很多封出去，已经忘了。"我的天！结果可想而知。

这样的自我营销肯定是广种薄收。

生活中和朋友相处也是如此。我有一闺密，深谙此道。单从她送礼

的方式，就可看出她自我营销的不凡能力。她能让所有收过她礼物的人，都忘不了她。

她送过得力下属的父母一对情侣围巾。她在美国出差，看到街头一对老人戴，于是拍了照片特意去买，并附上照片，祝他们恩爱永远。我去他们家玩儿，老人特意拿出来说，自家的孩子都没这么仔细，真的很感动。

我和她刚认识那会儿，她邀我去给她的员工上堂课。课后一起逛街，她说特别喜欢一个内衣品牌，我便陪她去，也一起试穿。那家内衣的设计很特别，各种款式，白的纯洁，黑的诱惑，蔚蓝的清凉，我也很喜欢。大家高兴，就索性把喜欢的款式都试了。

试够了以后，我回更衣室换回自己的衣服，心里琢磨着买哪几款合适。一出来，她已经把我试过的二十几款全打包了。单单附赠的防水游泳包就有 4 个，很漂亮实用。她不顾我的推辞，一溜烟儿付了款，都给送到我家了。

在此分享一下她的送礼原则：

1. 绝对要送得意料之外，但又情理之中。

2. 要送对方喜欢自己却未必会买的东西，这样才会珍惜。

3. 选无法转送的，专为对方定制，就是她的啦。

谁不希望自己是特别的呢？群发的爱，我们收到了也温暖，也明白自己是对方想要联络的人，但专属的爱给到的重视，让人本能地想要珍惜。

所以，如果你想好好地把自己成功地营销到对方心里去，那么请记住：没人稀罕你群发的爱！你要开始学习、观察和研究对方的需求和渴望，要学会送出你的诚恳，让对方收到那种无法推拒的感动。它就是——你最珍贵！

事先彻底"过"一遍

文／（台湾）何飞鹏

高铁台中站是一个会让人迷路的地方，因有过一次迷路的经验，我对台中站特别紧张。一家公司请我去他们的年度会议演讲，地点在鹿港。他们约我在高铁台中站接我，接我的人精准地在指定地点接到了我，然后熟练地开出高铁站，再转上快速道路，朝彰化鹿港前进。我问他：台中你很熟吗？你常在高铁台中站出入吗？

他回答："我在台北工作，这是第一次来高铁台中站接人。不过，我昨天就到鹿港了，事先把路线走了一遍，以免今天接您时出状况。"

他又说：对没做过的事、不熟悉的事，他一定会事前仔细地"过"一遍，模拟实际状况，把每一个细节弄清楚，以免执行时发生意外。

他是个小心谨慎的人，也是个注重细节的人，事先彻底"过"一遍，是他重要的成功法则。

这也是我重要的工作法则，我期待每一个关键时刻，都能有完美演出：我不能忍受开会时，有人资料没准备好，有人报告的内容文不对题……我也不能忍受执行任何专案时，事先没想透，临时遇到不可测的困难，兵困半途……当然我更不能忍受一些小事：电脑插头不对、随身碟接不上、投影机出故障……

要避免这些"意外"发生，我的方法完全一样：事先彻底"过"一遍。只要模拟做一次，只要一遍，只要事先，只要彻底，大概所有的"意外"都可以排除，让意外不要发生。

　　对重要的事，对我没做过的事，对不熟练的事，对有外人在的事，对动员许多人一起做的事……这些事都是要完美执行，是一次OK的事，所以事前的模拟、练习要不断做，一直到绝对有把握为止。

　　"过"一遍是小心，是谨慎，是谦虚，是敬天畏人，也是精准执行的开始。

你不能躲进借口里

文／林特特

一场面试，我和同学乔偶遇，听说了她的经历。

我们高中同班，高考时，乔因数分之差与大学无缘。接下来的两年，她就读于本市最著名的复读班，一考再考，终于在第三次冲击时，过了本科线十多分。

遗憾的是，填报志愿时乔出了些差错。领到录取通知书，她大吃一惊，却已无力挽回——她被省内一所师范专科院校录取。虽然是她喜欢的英语专业，但本科分数上了大专，她心有不甘，"是一路哭着去上学的"。

那天的面试，乔发挥得不好。自我介绍之后，招聘方提问，为何简历中没有英语专业四级证书的复印件？她吞吞吐吐，略带羞愧地说："没过。"

15分钟的试讲，乔紧张得口误了几次。说到一个知识点，她先陈述，过了几秒钟，又推翻之前的说法。

不用等最后结果，看主考官的表情，乔就知道这次应聘没戏。但她说："全都是本科生，我一个大专生，本来也不抱什么希望。"没等到公布结果，她就走了。"都怪那年……如果不是……"我和周围好几个旁听她遭遇的人目送她，并由衷地为她曾经的错失感到惋惜。

后来，我辗转从别人那里得知了更多关于她的消息。

"一路哭着去上学"之后，乔用了很长时间才恢复平静。一开始，在师专，她因是第一名进校而备受关注，但失望、愤怒及"为什么是我"的想法，让她倾诉成瘾，向同学、师长，在饭馆、酒吧。

也许是找到了发泄渠道，也许是发现了自己新的"闪光点"，渐渐地，人们更多见她是在饭局，而不是课堂。学习近乎放弃。

"看到专业书就会想，我该待的地方不是这儿。"乔总这么说。有人劝她通过考研改变命运，被她发火顶回去：大专得工作两年才能考！

"如果不是……我就能……"总之，关于学业，自那年夏天被强行打了折后，乔就自动按了停止键。

我想起乔，是因为老邻居来访，提及不成器的儿子东。

小时候，东是我们同情并艳羡的对象。幼时一场事故，他失去了左腿。于是，父母给了他诸多同龄人所没有的特权：零花钱最多，考试分数要求很低，无缘无故发脾气不被责罚，反倒会被一直哄到开心……

而今，东已过而立，仍在家啃老。做父母的不是没为他想过出路，可让他学电器修理，他半途而废；为他开了个小书店，一周总有三四天不开张——他要玩游戏、睡懒觉。

"从小可怜他不像别的孩子，"老邻居叹息，"宠着他、惯着他，倒把他弄成了老大难。"

"都怪我这条腿。"一有不顺，东就发火，一发火便这样说。最近一次发火，是恋爱受挫，于是，他逼父母出更多的钱，买更大的房，这样"就不会有人嫌弃我的腿"。

升学、就业、做生意、与人交往……记忆中，凡是没做好的事，他一直这么觉得。

多年来，那条腿成了东的借口，他的人生被腿偷走，腿是他偷懒的理由。他躲在里面，所有的不努力都变得情有可原，一如乔的学业，从此可以正当而悲情地裹足不前。

只是那些遭遇——人们借题发挥、偷换概念，将所有错误归结于它，不负责、不承担，也不知道其实是自己改写了自己的命运。

写给 90 后实习生们的九项注意

文／赵小星

坐在我背后的矫情的 90 后实习生们：

最近微博上有人反映说，一个跟你们一样的 90 后实习生，以"我是来实习导演的，这种事我不会做"为由拒绝帮领导订盒饭，引发大家对新一代实习生职场表现的广泛争议。

这事虽然与你们关系不大，但反映出来的问题其实很普遍。我不想给你们 90 后打上什么"特立独行"、"唯我独尊"的标签，我更想说的是你们目前的问题。所以今天这个恳谈会，主要是我说，你们听！

一、谈谈你们的工作态度。实习生做事相对慢一些，可以理解，因此我一般会给予你们一段相对宽松的时间。如果做完了前辈给你的事情，你们该做什么？上微博？聊 QQ？浏览八卦网站？每次我路过你们的座位，瞧你们那个忙啊；每次我回头找你们，你们都不知道在哪儿溜达呢！咱就不能主动找找前辈，问问有什么事情可以帮忙吗？如果领导不在，就不能看看工作文件夹里前辈做过的文件内容吗？比如报告怎么弄，策划怎么写，调查问卷如何做。当年我实习的时候，第一件事就是看各种工作资料，尽快熟悉客户和业务，可你们中居然有人问我公司的 PPT 模版什么样，回答完这种毫无营养的问题你们该不该请我喝奶茶？另外，交代给你们的事情，一定要积极主动地接受，不要说："啊？这个好难！""能晚点交吗？""这个要我做吗？"

二、不要等着前辈教你们，要学会偷偷学艺。比如，看看前辈发邮件给客户是如何措辞的，前辈发报告是如何粘贴附件的，遇到麻烦的事情前辈是如何与客户沟通的。当遇到问题寻求帮助时，你需要记住的不仅仅是答案，还要学会如何思考和解决问题。今天回去，把你们那些话都说不利落的邮件签名给我改了，总共五行字，还分两种字体两种字号，这是要怎样？

三、请注意你们的工作时间，不要上班时间勾肩搭背，干吗呢这是？一点都不斯文！上班时间不要到处流窜！多少次中午两个小时的吃饭时间，我就没见着你们早回来一分钟；多少次晚上加班都在外面大吃大喝，八九点才晃回公司开始工作，然后抱怨工作量大到做不完，你们天天在网上晒吃饭照片我都替你们着急啊！

四、以前有实习生跟我反映，做的事情没意义啊，不重要啊！怎么叫重要？发射导弹重要，你们能做吗？写个报告就哭天抢地，客户说你一句委屈得跟孟姜女似的，就这么点抗压能力？凡事要从小处着眼，比如PPT上的内容能不能不要那么顶天立地，留点边儿行吗？

五、你可以是一个有个性的孩子，但说话不要那么以自我为中心，特别是跟客户讲话的时候。有客户跟我投诉，说你们在电话里跟他说："你能不能快点确认啊，我都等了一天了。"要知道，我光给你扑这大火就费了一天工夫！

六、说好的事，不要变来变去的。面试的时候你说你一周能来四天半，开始上班了，你今天要上课，明天导师找，后天又突然来一个考试。每当我听到你又要请假就怒火中烧啊！安排给你的事情一定要想办法完成，不要完不成就悄无声息地下班回家了，等追问进度的时候才说，"哎呀，没做完"，你让大家都情何以堪啊！

七、要勇于与公司里各种不同的人打交道，不要那么害羞好不好！

让你去找财务问个事，财务说一句话你就回来跟我传一句话，一点都没有继续沟通下去的感觉啊！不要跟我说："哎呀，我不认识他耶！"

八、有一个好品行，这比什么都强。比如说，不要随便把公司的文具带走，不要偷偷地用了公家的什么东西不报账，不要恶意报销奇怪的费用，不要与同事钩心斗角、组织小团体在背后叨叨叨。如何评价你是不是靠得住呢？一看工作，二看品德。工作再好，品行不佳也完败啊，亲！

九、我的前领导跟我说过一句话："无论你今天过什么样的日子，都是自己作的。"所言极是啊，我就强调"执行力"。你们还会在职场很久，而基础越扎实，未来才能走得长远。希望未来能看到你们踏踏实实、并肩作战的新气象！

我和我带过的新人们

文／杨玄章

全能的普通人

Joe 是我初入职场一起工作的第一个实习生，属于公司招聘来锻炼新员工领导能力的"陪读生"。他性格腼腆，工作能力也比较普通，与我张扬的个性形成鲜明的对比。当时我在公司内部的几个部门之间轮岗，接触到各种各样的项目和技术，Joe 也就陪着我不断变换着手头的工作。他一直在努力适应不同的工作，做出来的东西不算好也不算坏，不过适应得也比较快。

有一次，我好奇地问他："你跟着我总是换工作内容，和别的实习生比起来没有在一个方向上积累很深的经验，不觉得亏吗？"Joe 和往常一样腼腆地说："我觉得自己不是一个适合做很深研究的人，更喜欢多接触项目。"这时我才明白，Joe 对自己的强项和弱项都有非常清醒的认识，虽然他在每个方向上的能力有限，却有意识地扬长避短，向着"全能型"员工的方向发展。

实习结束，虽然因为他英语不好无法留在我所在的公司，但是我把他成功推荐到我师兄所在的一家大型互联网公司。几年后，Joe 已经成长为那家公司明星产品的项目经理。

我可以试一试

我曾经负责一个项目，研究业内从未有人做过的技术。工作中需要招聘一名实习生，小古只是一个背景稍微相关的候选人。在面试的时候，我问他："这项工作你觉得该怎么完成？"他想了一下，回答我："我没有做过这个，不过我觉得我们该从这里入手。"他在白板上把自己的思路清晰地画出来，最后说："我觉得我可以试一试！"

虽然之前已经面试过不少背景比较相近的实习生，我最终还是选择了小古。事实证明，我的选择是正确的。在研究的过程中，小古一直非常努力，不断地梳理各种思路，在他的帮助下，我们成为业内第一个研究出这项技术的公司。

小古毕业的时候，我将他推荐到某跨国企业的总部，在那个更大的舞台上，他不仅工作成绩出色，还在国际顶级大学完成了在职博士。

碰到不擅长不熟悉的领域，必须有"试一试"的勇气，有迎接挑战学习新东西的意识，否则是不可能进步的。

明星员工陨落

小陈比我低一届，毕业前就有不错的项目经历，且在国际顶级会议上发表了论文，可以说是工程能力和学术能力俱佳的人。

小陈在工作上很努力，短期内也取得了一些成绩，但是桀骜的性格却给他带来无尽的麻烦。他总是认为部门内其他人的能力都不行，工作做得都不好，甚至在公开场合评点别人的弱点，大家都无法与他进行正常的沟通合作。没过多久，部门内所有人都拒绝与他合作，一些项目的工作都压在他一个人的身上。他不得不加班加点完成项目，每到深夜，都会看到办公室里他孤单工作的身影。

由于缺少合作，他一个人做出的成果总是出问题。每到晋升的时候，他不仅工作成绩不好，绩效评估也总是最低分，因而也与升职加薪无缘。无奈之下，小陈只能辞职离开。后来他辗转好几家公司，都做不长久。

任何公司都要讲究团队合作，尤其是在大企业中，很多工作是无法凭借一人之力完成的。如果无法融入团队的话，即使有很强的能力，也不可能获得成功。

不温不火成功

新员工小马初到项目组，其实是个很默默无闻的人，甚至在入职头三个月里很多人没有注意到他的存在。在很长一段时间里，他只是按部就班地把领导交给他的事情做好。每次读他发来的周报和月报，都感叹其工作做得细致，报告中体现了所有的工作进展、问题和下一步计划。他所承担的工作也从最初开始的一些小项目，逐步发展到一些部门内的关键项目。

在他入职第一年时，部门老板破格将他升职。我很好奇地去问老板："和他同时进公司的人也有能力比他强且工作做得不错的，为什么只有他被破格升职？"老板很直接地说："靠谱！就是因为他靠谱！"我仍然不理解，"靠谱有那么重要吗？"老板回道："项目的成功是以扎实的推进为基础的。你看小马经手的项目虽然结果算不上出色，但是都很顺利地完成了。他比那些有能力却做事让人胆战心惊的人强多了，应该得到更多的鼓励、授权和信任。"

大学新生：今日歇脚，来日歇菜

文／翟健 张樱

高中阶段的三高——高节奏、高强度、高竞争让我们终生难忘。有人把那三年超负荷的拼搏形象地比喻成"在黎明前漆黑一片的隧道中赛跑"，高考就是尽头那一盏最明亮的灯。我们你追我赶地朝着那个目标奔跑，虽身心透支但目标明确。迈进大学的门槛后，天色已然大亮，高考这盏明灯也随之熄灭。我们在自由的大学里，既无老师的逼迫也无父母的督促，对学习这码事有着说不出的厌倦。过去隐藏在黑暗里的大好景观全都呈现出来，异口同声地对我们说："放放松、歇歇脚吧！"

后无动力、前无目标，让歇脚成了新生们的常见病，认为"大一就得充分享受生活"、"考试 pass 即可"的大有人在。2008 年 9 月，华东师范大学心理咨询中心对新生的消极心理问题做了一项调查，统计数据显示，排名头一位的就是歇脚病。

得了歇脚病的人不仅先天不足，而且后天也严重失调。

先天不足指的是在高考冲刺阶段缺乏压力管理能力。高中阶段如果长时间处于极度受压的状态，那么稍一松手，你就会突然被弹到松懈的极端。如果你在高中时懂得管理自己的压力，定期找机会进行释放，就不会让它变成一颗蓄势待发的炸弹。

后天失调指的是大一的你急于寻找心理补偿，由适度的放松演变成无度的放纵。抱着补偿心理的大学新生，如果不能及时调整，会形成行为上的惯性。通宵达旦看美剧、打网游、上网聊天、泡吧等行为习惯，会在今后的大学生活中一一呈现，甚至会为你未来的四年埋下隐患。

歇脚的表现有很多种，大致可以分为三类：

1. 混日子型。这是一种在大学里非常常见的歇脚行为，很多新生都抱着得过且过的心态，论文一般是上交的前夜才靠复制、粘贴完成，考试通常提前两三天才开始复习。

2. 对一切都抱着否定态度。在大学这个新环境里，他们怀疑一切、否定一切，什么都不屑于尝试，对大学的任何活动都冷眼旁观。

3. 丧失信心和志向，对大学生活感到厌倦，在各种从未尝试的刺激中寻找快乐，精神空虚，缺乏行动力。

其实从心理学的角度来看，歇脚并不是绝对的坏事。有时候，始终保持激情并非上策，适度地休息才是良方。不过，这不是说让你真正地完全歇息下来，就算你处于瓶颈期，在休息的时候，也不能对自己的学业不闻不问。对大一新生来说，歇脚大多是源于缺乏目标，所以我们在暂时歇脚的时候，也要思考，确定目标，哪怕是短期的目标也好，比如参加社团、考证或者旁听其他专业的课程，也许在将来大学的某个阶段，你会发现现在歇脚期略显艰苦的修炼已经给你铺垫了坚实的基础。

所以，歇脚的真正意义在于适应环境、调整自己从而后来居上。在向大学新生活前进的路途中，我们需要学会适度休息，需要积攒力量面对新阶段的挑战，休息之后应该是更大能量的爆发！

做"最坏的准备"，结果"最坏"

文/佚名

请设想你正要去参加求职面试。你判断自己对这份工作是完全胜任的，但却有一个很强的竞争对手。那么，正常来说，你获得工作的概率是 50% 左右。

但很少有人会科学地评估这点，你往往会得出另外的结论：相信自己一定能得到这份工作，或认为自己毫无希望。

是你过于自信或者过于自卑了吗？不，你不过是一个讨厌不确定性的人。你宁愿忍受悲观假设带来的痛苦失落，或者因过于乐观的假设而导致的心理落差，也不愿面对一个不确定的未来。

1945 年，波兰心理学家埃尔斯·佛伦克尔 – 布伦斯威克提出了一个叫"模糊难耐度"的概念，指的是人们对待模糊的容忍态度。模糊性或者不确定性会被一些"模糊难耐度"较低的人视为一种威胁或者不适、焦虑之源。在这种情况下，人们往往会避开模糊区，给出一个更极端的概率估计值。

而相比乐观的估计，悲观的想法可能更为常见——这种心理你可能很熟悉：比起希望落空的失落，你更愿意接受做好最差心理准备之后获得的惊喜，或者是"至少比预期要好"的结果。

这种"最坏思维"在面对有可能发生的危险时，往往更为常见，哪怕这个危险发生的可能性极小。比如，1979 年美国三里岛核泄漏事故之后，人们都很担心放射性气体对人体的伤害。专家研究后得出结论："一例癌症都不会有，或者，个案数目将非常小，永远都不可能检测到。"然而，公众并不认为这个结论的意思是"安全"。

最后，由于公众抗议，美国 30 年都没有建造新的核电站，而是建造了燃煤和燃油发电站。实际上，这两种发电站和核电站相比，直接污染更大，消耗资源也更多。

在家庭事务上亦如此。心理学家弗兰克·富里迪在他的《偏执型养育》一书中说，父母总是过于担心自己的孩子，所以永远从最坏的角度看待问题。比如，近数十年来，出于对"有可能被陌生人诱拐"的恐惧，被允许骑自行车上学的孩子数量在急剧下降，能够单独离家出去玩的孩子也越来越少。显而易见，或许孩子们因此避免了被诱拐这样极端但可能性非常小的风险，却失去了锻炼身体、增强自己独立性的机会，还可能因此变得孤僻，而父母也增加了育儿成本。

守脑如玉是一种理想

文／咪　蒙

　　也许我最幸运的事，就是自我觉醒比较早，明白自己喜欢什么，以便于早日开始在一条道上走到黑。

　　很多中学生、大学生不知道自己喜欢什么、擅长什么，哪怕正在念哥伦比亚大学、多伦多大学的品学兼优的三好青年，面对我的一个最简单的问题：你喜欢你的专业吗？他们也敢来个一脸茫然的表情，说：没想过，我妈说商科有前途，以后容易找工作，我就念了。我妈说当律师赚钱多，我就选念法律，她总不会害我。

　　父母和教育体制联手把青少年改造成听话的机器、不思考的机器、赚钱的机器。陈丹青说，现在的学生，开口就在背书，没有自己的思维和判断。我觉得更可怕的是，他们没有自我——你连自己的爱好、价值和特长都看不到，又如何独立自主地看待这个世界？

　　有个姑娘说，我就喜欢做机械的、单调重复的工作，糊火柴盒啊、盖章啊、收发信件啊之类——多好。年纪轻轻就深刻地了解自己，守脑如玉也是一种珍贵的理想啊，比没有理想好多了。

　　做能让你沉迷的事，如果它还能赚钱，这种人生就是上等人生。我从来不羡慕那种炒股赚了几百万、开店发了大财的人，因为这种事对我毫无吸引力，我从中得不到任何乐趣，还不如看一本好玩的书更爽。

成天喊着不要把人生浪费在正事上的我，一直耻于承认的就是，其实我是个工作狂。谁说工作和娱乐必须截然分开？我把工作当作玩，我玩的时候也在工作，在这种变态模式中，我过得很爽。

作为首席编辑，我在报社大会上做过一次演讲——《如何在吃喝玩乐中寻找新闻选题》。名侦探柯南走到哪里，哪里就有凶案，而牛人编辑，我到哪里，哪里就有选题。我能把周围任何人都变成我的新闻"线人"，随便聊会儿天，就会发现潜在的社会思潮、新兴的生活方式。我的电脑桌面上永远有一个文件夹，随时把看到的有趣有创意有想象力的句子、图片、视觉设计等玩意儿扔进去，每隔一段时间进行整理，分类到我的笑话库、语录库、标题库、选题库、图片库、版式库里——这些都是我的养分。别人可能是遇到问题才临时找方法，而我是随时都在更新自己的素材库和方法库，有充沛的准备打底，我才能在工作中游刃有余，才能过着每天睡到自然醒的荒淫无耻的生活。

于我而言，无趣是万恶之源。我的一大乐趣，就是把自己变得有趣。研究别人怎么说话，怎么写出好文章，怎么做好一次采访。

看韩剧，遇到好玩的台词我会记录下来；看美剧，我会顺便分析谢耳朵的话为什么好笑，有哪几种有趣的方向。在微博上看到陌生的句子，我会拷贝下来，启发自己在遣词造句时更富创造性。

我喜欢在煎蛋网上看英国的没品笑话集，会挑特别有智商的存下来，研究一下它们的逻辑，分析一下幽默的生成原理。像伍迪·艾伦的幽默，通常就是抽象原理和日常生活的混搭，比如，我不相信有来生，但我还是会带上换洗的内衣裤；比如，如果一切都不存在，一切都是幻象该怎么办，我那300英镑的地毯绝对买亏了。

我看书比较快，每周保持看两本严肃书，不是随便翻翻，而是从头到尾读完，记读书笔记。我看《康熙来了》，会忍不住分析蔡康永是怎么把一个尴尬的问题抛给被访者的，并巧妙地让对方跳入一个提问陷阱

里——单就这个题目，我可以写出至少一万字的专业分析。

很多同学一直问我，咪蒙呀，怎么才能说话更有趣、文章写得更好？其实，眼界是认识的前提，你是不可能写出超越自己智商和见识的文字的。我跟很多85后接触，发现他们最大的问题，不是没有文笔、没有创意，而是没有完整的知识体系。最基础的，《中国哲学史》、《中国美学史》、《中国通史》，你至少每一类别选其中一两个喜欢的版本通读；而《全球通史》、《西方哲学史》，社会学、心理学的经典著作，必须系统读过；中外文史哲大家的经典作品，都得看吧？《鲁迅全集》你看了吗？这些都是再初级不过的了，别急于求成。说话和写文章的核心，无非观点、叙事和修辞，但最重要的还是观点，没有丰厚的知识储备，就只能指望自己是天才了。

千万别以为我每天埋头苦读、皓首穷经，活像一坨蜡烛。我认为分析、思考、学习是人生最有趣的事之一，虽然我分析、思考和学习的内容，常常是些很无聊的事——专心致志地耍无聊，这就是我的理想人生。

生命是长期而持续的累积

文／（台湾）彭明辉

许多同学应该都还记得高考前夕的焦虑：差一分可能要掉好几个志愿，甚至于一生的命运从此改观！到了大四，这种焦虑可能更强烈而复杂：到底要先就业，还是先考研究生？我就经常碰到充满焦虑的学生问我这些问题。可是，这些焦虑实在是莫须有的！生命是一种长期而持续的累积过程，绝不会因为单一的事件而毁了一个人的一生，也不会因为单一的事件而救了一个人的一生。如果我们看清这个事实，许多所谓"人生的重大抉择"就可以淡然处之，根本无须焦虑。

我自己就是一个活生生的例子。从一进大学就决定不再念研究生，所以，大学四年的时间多半在念人文科学的东西。毕业后工作了几年，才决定要念研究生。硕士毕业后，立下决心：从此不再为文凭而念书。谁知道，世事难料，当了五年讲师后，我又被时势所迫，到国外念博士。一位大学同学笑我：全班最晚念博士的都要毕业了，你现在才要出去？两年后我从剑桥回来，觉得人生际遇无常，莫此为甚：一个从大一就决定再也不钻营学位的人，竟然连硕士和博士都拿到了！属于我们该得的，哪样曾经少过？而人生中该得与不该得的究竟有多少，我们又何曾知晓？从此我对际遇一事不能不更加淡然。

当讲师期间，有些态度较极端的学生会当面表现出他们的不屑；从剑桥回来时，却被学生当作不得了的人物看待。这种表面上的大起大落，其实都是好事者之言，完全看不到事实的真相。从表面上看来，两年就拿到剑桥博士，这好像很了不起。但是，在这两年之前我已经花了整整一年，将研究主题有关的论文全部看完，并找出研究方向；而之前更已花三年时间做控制方面的研究，并且在国际著名的学术期刊上发表论文。而从硕士毕业到拿博士，其间七年的时间我从未停止过研究与自修，所以，这个博士其实是累积了七年的成果，根本没什么好惊讶的。

拿硕士或博士只是特定时刻里这些成果累积的外在展示而已，人生命中真实的累积从不曾因这些事件而终止或添加。

常有学生满怀忧虑地问我："老师，我很想先当完兵，工作一两年再考研究生，这样好吗？"

"很好，这样子有机会先用实务来印证学理，你念研究生时会比别人了解自己要的是什么。"

"可是，我怕当完兵又工作后，会失去斗志，因此考不上研究生。"

"那你就先考研究生好了。"

"可是，假如我先念研究生，我怕自己又会像念大学时一样茫然，因此念得不甘不愿的。"

"那你还是先去工作好了！"

"可是……"

我完全可以体会到他的焦虑，可是却无法压抑住对于这种纠结的感慨。其实，说穿了他所需要的就是两年研究生加两年工作，以便加深知识的深广度和获取实务经验。先工作或先升学，表面上大相径庭，其实骨子里的差别根本可以忽略。

但是，我们经常看不到这种生命过程中长远而持续的累积，老爱将一时际遇中的小差别夸大到生死攸关的地步。

最讽刺的是，当我们面对两个可能的方案，而焦虑得不知如何抉择时，通常表示这两个方案可能一样好，或者一样坏，因而实际上选择哪个都一样，唯一的差别只是先后顺序而已。而且，愈是让我们焦虑得厉害的，其实差别愈小，愈不值得焦虑。反而真正有明显的好坏差别时，我们轻易就知道该怎么做了。可是我们却经常看不到长远的将来，短视地盯着两案短期内的得失：想选甲案，就舍不得乙案的好处；想选乙案，又舍不得甲案的好处。

如果看得足够远，人生长则八九十年，短则五六十年，先做哪一件事又有什么关系？人生的路这么多，为什么总是斤斤计较着一个可能性？

我高中最要好的朋友，一生背运：高中考两次，高一念两次，大学又考两次，甚至连机车驾照都考两次。毕业后，他告诉自己：我没有关系，也没有学历，只能靠加倍的诚恳和努力。现在，他自己拥有一家公司，年收入数千万。

一个人在升学过程中不顺利，而在事业上顺利，这是常见的事。有才华的人，不会因为被名校拒绝而连带失去他的才华，只不过要另外找适合他表现的场所而已。反过来，一个人在升学过程中太顺利，也难免因而放不下身段去创业，而只能乖乖领薪水过活。

人生的得与失，有时候怎么也说不清楚，有时候却再简单不过了：我们得到平日累积的成果，而失去我们不曾努力累积的！所以重要的不是和别人比成就，而是努力去做自己想做的。最后该得到的不会少你一分，不该得到的也不会多你一分。

有次电台访问我："老师，你如何面对人生中的困境？"我当场愣在那里，怎么都想不出我这一生什么时候有过困境！后来仔细回想，才发现：我不是没有过困境，而是被常人当作"困境"的境遇，我都当作一时的际遇，不曾在意过而已。刚服完兵役时，长子已出生却还找不到工作，我曾焦虑过，却又觉得迟早会有工作，报酬也不至于低得离谱，不曾太放在心上。念硕士期间，家计全靠太太的薪水，省吃俭用，对我而言又算不上困境。一来精神上我过得很充实，二来我知道这一切是为了让自己有机会转行去教书（做自己想做的事）。31岁才要出国，而同学正要回系上任教，我很紧张（不知道剑桥要求得有多严），却不曾丧气。因为，我知道自己过去一直很努力，也有很满意的心得和成果，只不过别人看不到而已。

我没有过困境，因为我从不在乎外在的得失，也不武断地和别人比高下，而只在乎自己内在真实的累积。

我没有过困境，因为我确实了解到：生命是一种长期而持续的累积过程，绝不会因为单一的事件而有剧烈的起伏。

同时我也相信：属于我们该得的，迟早会得到；属于我们不该得的，即使一分也不可能增加。假如你可以持有相同的信念，那么人生于你也会是宽广而长远的，没有什么了不得的"困境"，也就没有什么好焦虑的了。

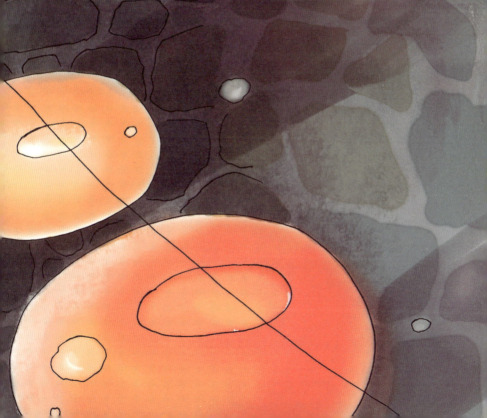

（京）新登字 083 号

图书在版编目（CIP）数据

内心没有方向，去哪儿都是逃离 / 李钊平主编；青年文摘图书中心编 . — 北京：中国青年出版社，2014.7

（青年文摘彩虹书系）

ISBN 978-7-5153-2435-7

Ⅰ . ①内… Ⅱ . ①李… ②青… Ⅲ . ①散文集 – 中国 – 当代 Ⅳ . ① I267

中国版本图书馆 CIP 数据核字 (2014) 第 098600 号

内心没有方向，去哪儿都是逃离

青年文摘图书中心 编　李钊平 主编

责任编辑：侯庚洋 杨冰清
内文插图：稻荷前
装帧设计：后声 HOPESOUND
出版发行：中国青年出版社
社　　址：北京东四十二条 21 号
邮政编码：100708
网　　址：www.cyp.com.cn
编辑中心：010-57350371
营销中心：010-57350370
印　　装：三河市君旺印务有限公司
经　　销：新华书店
规　　格：880×1230　1/32
印　　张：8.75
字　　数：230 千字
版　　次：2014 年 7 月北京第 1 版
印　　次：2014 年 7 月河北第 1 次印刷
印　　数：1-12000 册
定　　价：28.00 元

如有印装质量问题，请凭购书发票与质检部联系调换 联系电话：010-57350337

青年文摘图书中心精品书目

青年文摘白金作家系列

《女生，我悄悄对你说》（毕淑敏著）

《男生，我大声对你说》（毕淑敏著）

定价：32元（单册）64元（套装）

《跨越百年的美丽》（梁衡著）

定价：36元（平装）48元（精装）

青年文摘典藏系列·第一辑

《成为世界的光》（励志卷）

《爱吧，就像没有痛过》（爱情卷）

《平流层的小樱桃》（成长卷）

《生命灿烂如花》（人生卷）

《在有限的人生彼此相依》（温情卷）

《推开虚掩的智慧之门》（哲思卷）

定价：22元（单册）132元（套装）

青年文摘典藏系列·第二辑

《那段奋不顾身的日子，叫青春》（成长卷）

《当我已经知道爱》（爱情卷）

《赠我一段逆流路》（励志卷）

《爱是永不止息》（温情卷）

《梦想照耀未来》（人生卷）

《生命从不绝望》（哲思卷）

定价：22元（单册）132元（套装）

青年文摘30年典藏本

《赢这场人生旅程》（人生卷）

《比爱更爱你》（恋情卷）

《独一无二的柠檬》（成长卷）

《谁在尘世温暖你》（情感卷）

《动听的花园》（随笔卷）

定价：27元（单册）

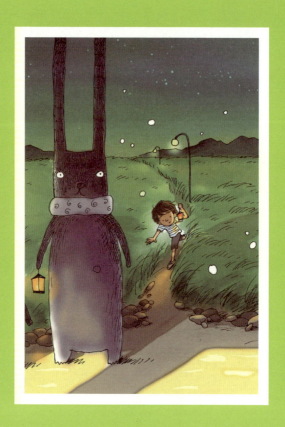